CUANDO
CUCA BAILABA
Y EL DIABLO
ERA ALCALDE

CUANDO CUCA BAILABA Y EL DIABLO ERA ALCALDE

ARMANDO FERNÁNDEZ VARGAS

Número de Control de la Biblioteca del Congreso:		2020900787
ISBN:	Tapa Blanda	978-1-5065-3124-3
	Libro Electrónico	978-1-5065-3123-6

Información de la imprenta disponible en la última página.

Fecha de revisión: 14/01/2020

Para realizar pedidos de este libro, contacte con:
Palibrio
1663 Liberty Drive
Suite 200
Bloomington, IN 47403
Gratis desde EE. UU. al 877.407.5847
Gratis desde México al 01.800.288.2243
Gratis desde España al 900.866.949
Desde otro país al +1.812.671.9757
Fax: 01.812.355.1576
ventas@palibrio.com
807734

ÍNDICE

Dichoso el que jamás ni ley ni fuero ni alto tribunal,
ni las ciudades, ni conoció del mundo el trato fiero

Fray Luis de León

UN BUEN DÍA PARA MORIR

—Permítanme terminar— les dijo él a los agentes que fueron a arrestarlo, pero ellos mantuvieron una actitud firme. Tenían órdenes de apresarlo de inmediato. Ante la negativa, él les ofreció las dos manos, y se dejó llevar como una res al matadero.

Nosotros, sus estudiantes, observábamos, atónitos lo que ocurría, sintiendo un estupor desconcertante, que nunca hemos llegado a entender completamente. Quienes han conocido lo ocurrido, aún años después, nos reprochan el por qué mantuvimos una actitud tan pasiva. Sin convicción, le decimos que estábamos tan seguros de que su futuro era la cárcel, que de haber hecho algo más que ser espectadores de aquella tragedia, hubiéramos cometido un sacrilegio contra un destino ya trazado. La verdad es que decimos cualquier cosa, para que nos dejen en paz, arrastrando el lastre de la tortura de saber que pudimos haber evitado una barbarie y no hicimos nada.

No pretendemos que este testimonio nos absuelva de culpas por haber sido unos cobardes. Este es un tiempo de crisis de convicciones en que los arrepentidos se suicidan en masas: no hay que tener piedad con los indecisos; no debemos ser una excepción.

Todo cuanto se ha dicho sobre él no es más que conjeturas erráticas, alimentadas por la fascinación mórbida de la gente. Solo nosotros, que estuvimos allí, y que por nuestra indecisión y falta de personalidad nos llevamos bien con Dios y con el Diablo, conocimos mejor su desgracia. Con el pasar de los años, nos hicimos amigos de sus verdugos, y éstos, sin saber que él había sido nuestro maestro, nos contaban las atrocidades que a diario le hacían. Por lo tanto, que se callen los chismosos, que descansen los bochincheros, que continúe sus labores la gente de trabajo, que las comadres cambien de tema, para que no se les quemen las habichuelas y nos permitan contar lo que de verdad sucedió:

Él se llamaba Crisóstomo De León, y aunque había dado la impresión de haber estado despreocupado por lo que hubiera podido ocurrirle, sabíamos que estaba al tanto de los peligros que lo acechaban. Sabíamos que desde hacía ya algún tiempo, lo tenían bajo la mirilla, y que ser cauteloso era tan imprescindible para su libertad, como es la discreción para una serpiente. Sabíamos que los secuaces del régimen esperaban el momento y lugar preciso para desaparecerlo. Sabíamos, además, que más temprano que tarde lo lograrían, pero que no les sería fácil: él era muy prudente.

Durante los días anteriores a su captura, el maestro supo que habían entrado a su cuarto, que habían revisado sus pertenencias, y rebuscado entre sus libros. No tenía dudas de que ellos habían sido los que habían descolgado, y reventado contra el piso un cuadro de familiares difuntos, que era una de sus pocas pertenencias. Sabía también, que habían tocado a su puerta por las noches cuando él no estaba. Nadie mejor que él sabía que sus días estaban ya contados.

Había dejado ya de ir al parque a jugar dominó, y a charlar con los amigos. Ya no se encerraba en el aula los fines de semana, a preparar las lecciones y ya no era el último en salir del plantel. Había dejado de andar solo por las noches, y rara vez dormía en su cuarto. Sabía que lo andaban buscando.

Sus amigos veían en él a un soñador incurable, imposible de rescatar de sus obsesiones. Sus compañeros de oficio lo consideraban un sabio ignorado, condenado al olvido. Nosotros, sus estudiantes, le dábamos consejos errados sobre un tema que conocíamos solo a través de la bruma del terror. Durante los días próximos a su arresto, sus amigos más cercanos lo habían advertido sobre el peligro que a diario se exponía. Conocían el final trágico que habían tenido otros conocidos, y temían que el maestro terminara en circunstancias similares.

"Maestro De León, cuídese mucho", -le decíamos, preocupados por la suerte que lo acechaba.

Él sabía que no le hablábamos de cuidar su salud, su estado emocional, ni las tentaciones del cuerpo y el alma. Nos agradecía el gesto, nos despedía con una reverencia china, y nos parecía que volvía a perderse en su propio mundo. Pero nos equivocábamos; él conocía con exactitud la gravedad de su condición de oveja conviviendo con los lobos.

El día que lo apresaron, muchos creímos que había llegado el final de sus días. Lo mismo había ocurrido con tantos otros como él. Un día cualquiera terminaban a la sombra de un calabozo, y de allí nadie regresa. Los que por alguna voluntad suprema volvían, comprendían el mensaje de una forma tan contundente, que rehusaban hablar con sus antiguos amigos, por temor de que aquello que parecía una advertencia suficiente para un escarmiento, no hubiera sido más que una sentencia aplazada.

Cuando los vio llegar, el maestro no tuvo dudas de que iban por él. Y no sintió temor sino más bien, sorpresa. Había esperado de ellos cualquier cosa, menos que lo apresaran a plena luz del día. Sabía que los esbirros de los gobiernos son fieras nocturnas, acostumbradas a atacar por la espalda, y sin testigos. Ahora que los veía llegar, se reprochaba el haberlos subestimado. Acorralado como estaba, no le hubiera servido de nada intentar una escapatoria; muy al contrario, cualquier intento de fuga le hubiera dado a sus enemigos la excusa perfecta para que lo acribillaran allí mismo.

El maestro, Crisóstomo Arsenio De León, sabía que aprovechar la vida hasta el último aliento es una ley del universo, que dicta: «mientras hay vida, hay esperanza». La experiencia le había enseñado, además, que mostrar temor ante una fiera salvaje es lo mismo que una invitación a ser devorado. Así, que fingió no verlos. Decidió actuar con frialdad, para por lo menos ganarle unas cuantas horas a la muerte.

En una ocasión en que nos había hablado sobre los secuaces de los gobiernos que controlan a los pueblos, nos había dicho: «no son más que bestias salvajes, que actúan por instinto. Esos han sido creados a imagen y semejanza de una orden burocrática.» Sobre los militares nos dijo: «el término inteligencia militar es un disparate; una persona inteligente no puede ser militar; eso es un oxímoron, eso es como decir: un pequeño gigante, una verdadera mentira o un inolvidable olvido». Ahora que los veía llegar, tenía esa misma expresión sombría que se interponía entre él y el mundo, cuando hablaba de la situación política.

Parece ser que el pensar, y el hablar sobre dos temas distintos a la vez, en algún debido momento, causó que sin querer, dijera algo no planeado, que nosotros no pudimos descifrar, porque la cólera le hervía en los ojos del agente que lo interrumpió con una voz aguardentosa, para ordenarle: "tenga la bondad de acompañarnos." –Permítanme terminar–, les dijo, el maestro. Al no poder concluir, les ofreció las dos manos para que lo esposaran.

El auto viejo en que se lo llevaron era una maquinaria en ruinas de aspecto siniestro que popularmente llamaban la perrera. A través del espejo retrovisor él nos vio atónitos y aglutinados mirando el espectáculo, y agradeció que no lanzáramos piedras a sus opresores. En la radio, Carlos Gardel cantaba *volver*, y muchos años después, él comprendería que esa canción había sido una coincidente y escalofriante premonición.

A esa hora del día el pueblo dormía bajo un sol ardiente, que hacía crepitar los techos de zinc, como el crujido de un animal que se fríe a fuego lento; solo los perros realengos habitaban las calles entonces. Muy pronto, el auto desapareció entre la nube de polvo, que se levantó a su paso. A través del cristal, el maestro vio al pueblo desvanecerse poco a poco hasta desmigajarse en un reguero de casas alargadas, en cuyos patios jugaban niños verdes semidesnudos, ajenos a la miseria que los acorralaba. Él hubiera jurado haber visto sobre la pared de una de las casas más cercanas, la foto de un viejo amigo suyo, abrazado al gobernante de turno, y la expresión: ¡viva el presidente!, pero eso bien pudo ser solo un fogonazo de desilusión, o un espejismo que, de súbito, se hizo una visión borrosa con sus primeras lágrimas, y él tuvo que inclinar el rostro para que no lo vieran llorar.

El primer día en la cárcel fue una introducción severa de lo que le esperaba. Del empellón con que lo lanzaron contra la celda, se le reventó la nariz. Pensó haber tenido suerte cuando reconoció al sargento Peralta, uno de los policías del pueblo. Lo llamó, seguro de que le ayudaría. Este también lo reconoció a él. Peralta se le acercó, como para darle el más afectuoso de los saludos a través de los barrotes, pero solo lo hizo para asegurarse de no fallar el escupitajo que le tiró en la cara. Acto seguido, le vendaron los ojos, le arrancaron las ropas, y lo pasearon, como a un recién-nacido en pelotas, ante los reclusos más experimentados, quienes al verlo, se frotaban las manos, y, con los ojos vidriosos de intenciones, «decían carne fresca, mamacita», dichosos de saber que lo violarían como a una hermosa señorita.

Cuando los presos calmaron con él sus imaginaciones eróticas, sus verdugos le arrancaron las uñas con pinzas, y lo sentaron un día y una noche completa en una piscina infestada de sanguijuelas para que se lo comieran vivo. Lo recostaron en el agua estrellada de sanguijuelas, de forma que solo le quedara la cabeza sobre la superficie. Minutos fueron suficientes para que su cuerpo pareciera un manto negro decorado con piedra de nácar. En ese estado de postración los segundos de lucidez era intervalos frágiles que se le apagaban de repente por una densa neblina. Cuando sus desmayos se extendían por más de media hora, y sus vigilantes no podían discernir si estaba dormido, desmayado o muerto, le daban una palmadita en la frente para despertarlo, y con una voz maternal le preguntaban: «¿y ahora quién, es el maestro?»

Sus verdugos usaban capuchas cuando lo torturaban. Luego de su sesión diaria de tormentos, arrastrándolo por los pies, atravesaban con él el patio y lo lanzaban en una fosa a la que llamaban la Tres por Cuatro: tres pies de ancho por cuatro de alto. En ese eterno martirio se pasaba el tiempo de rodillas. El techo era tan bajo que no podía ponerse de pie. En esa misma posición, y en el mismo lugar, dormía y hacía sus necesidades. Durante los tiempos de lluvia, aquel calabozo era un infierno de mosquitos, lodo y excrementos que le llegaba a la altura del pecho. En ocasiones en que lo llevaban a solearse, y nubes negras anunciaban lluvias, él le pedía al Cielo un torrencial apocalíptico que inundara su pocilga, que lo ahogara en el acto, y le brindara la clemencia de la muerte. Pero ese final no dejó de ser más que un tormentoso deseo, y su calvario continuó siendo un asco insoportable. Sin esperanza de nadie, y sin consuelo, oscuros y lentos pasaban los años.

Por el tono de sus voces, supo que sus verdugos se hacían viejos y que perdían la fuerza y el deseo de doblegarlo. La resistencia y la perseverancia se convirtieron entonces en una pequeña luz que, aunque vacilante y casi imperceptible, comenzó a brillar al final de ese largo y oscuro túnel en que se había convertido su vida. Albergó entonces, la ilógica esperanza de resistir hasta que sus verdugos se murieran de viejo. Pero los años son eternidades cuando uno vive en cautiverio, y apartado de los seres queridos. Su calvario parecía no tener fin. Así pasaron veinte largos e inolvidables años. Y al final de estos, una madrugada, mientras dormía, lo despertaron con un grito que parecía una burla más: «¡De León, hijo de la gran puta, despiértate que hoy se te acabó el juego!»

La luz plomiza del amanecer le golpeaba las pupilas. Le vendaron los ojos y lo llevaron hasta una zona despoblada. De tanto esperar la muerte de rodillas, ya se le habían marchado las fuerzas de sus piernas, y tuvieron que amarrarlo a un árbol para mantenerlo de pie. Como último deseo, el maestro pidió que le dejaran ver la luz del sol, y se lo negaron.

Sintió el pelotón de fusilamiento cuadrarse y hacer fila frente a él. Escuchó el martilleo y sintió la frialdad de las armas que le apuntaban. Cerró los ojos esperando la lluvia de plomos que le arrancarían el último aliento de vida. Escuchó el esperado, y tan temido: ¡listos, apunten, fuego! Debió de ser más de una docena los fusiles que dispararon ese amanecer. El trueno de las detonaciones le quedó zumbando en los oídos por algunos minutos, como el toque de una vieja campana, y al cabo de éstos, comprendió que continuaba con vida. Cuando pudo desatarse, aun sin quitarse la venda de los ojos, se palpaba el cuerpo, buscando las troneras de los plomazos. Abrumado de espanto, de rabia y de sorpresa, comprendió que ese simulacro de muerte había sido otra burla más para mortificarlo el día de su liberación.

En horas del medio día llegó al pueblo. Estaba desguañangado, vestido en harapos, y tenía la piel bruñida y pegada a los huesos. Decir que parecía un espectro luminoso, hubiese sido un halago. Los que reconocían en ese mequetrefe del diache algún parentesco con el antiguo maestro encarcelado, cruzaban la acera para evitarlo. Pero la memoria colectiva, y la solidaridad pudieron más que el miedo y el menosprecio. Los que temían reconocerlo se fueron quedando solos, como islas esparcidas de un archipiélago, en medio de un mar extenso y furioso.

Sus amigos de antaño que, después de darlo por muerto, se encontraban con él, no podían creerlo, y lo abrazaban sin decir palabras; no hay nada más expresivo que la elocuencia del silencio. Los que estaban convencidos de que él ya no era el mismo, se preguntaban: "¿que le habrían hecho?" Y se decían: "veinte años de cárcel y tortura, de seguro le habrán borrado, hasta las huellas más remotas de su antigua forma de pensar." Convencido de ese escarmiento, el ministerio de educación le ofreció la plaza de maestro que había quedado vacante cuando lo encarcelaron.

Los días volaron como aves de paso en un cielo despejado, y el momento de volver a enseñar llegó como un tren que arriba a su última estación. El edificio que albergaba la escuela era el mismo caserón oscuro y mugriento. En un aula, que era usada como sala de recepción, le dieron la bienvenida amigos de los tiempos de su juventud, y otros que habían conocido su historia. Nosotros sus antiguos estudiantes, ahora veinte años más viejos, jubilosos, y cobardes, como siempre, lo esperábamos, y apenas lo reconocimos. Había adelgazado hasta los huesos. Con la ventolera de los años, habían volado sus cabellos, había desaparecido la serenidad en sus manos, y se había extinguido la chispa de sus ojos. Sus ademanes de hombre culto, chapado a la antigua, y su voz grave y pausada, sin embargo, despejaron las dudas. Su semblante opaco reflejaba el prodigio de un ser imprescindible. Su sonrisa, aunque marchita, era la misma de antes, y eso de algún modo nos dejó saber que su convicción estaba intacta. El aula le pareció un rincón del pasado, maltratado por el moho del tiempo. Estaba descuidada, sucia, y lucía más pequeña que en la de la imagen de sus recuerdos. Nos reconoció, y reconoció a viejos amigos y a discípulos de otros tiempos; y supo que vivir había valido la pena. Bajó los párpados en busca del hilo de una conversación que había quedado inconclusa hacía exactamente veinte años, dos meses y cuatro días, y lo encontró sin tropiezo. Regresó del pasado, y al abrir los ojos, parecía que había llegado de muy lejos. Miró a la multitud silenciosa, y retomando un tema que aún permanecía vigente dijo: continuando con lo que estaba diciendo veinte años atrás...

EL CONUCO

||||||||||||||||||||||||||||||||||||||||||||||||||||||||||||||||||||||||||||||||||||||||||||||||||||||||||||||||||||||||||||||||||

Eran los primeros días de enero, y en las regiones agrícolas empezaban a nacer los primeros retoños de varias semanas de trabajo. Un nuevo año, nuevas cosechas y nuevas esperanzas anidaban el futuro incierto de los campesinos. Pedro Leal sabía que el secreto de una buena cosecha consistía en mantener el conuco libre de malezas, cuidarlo con una vista atenta por si aparecían malos bichos y sobre todo, no permitir que mujeres entraran en él durante ciertos días del mes. Aun su propia esposa, compañera de largos y sufridos años, se cuidaba de no rondar cerca del cultivo durante esos días en que los cambios de la luna son dolorosos y tormentosos. Sin un hijo que pudiera llevar mensajes a través de esa área prohibida, gran parte del día ella estaba incomunicada de su esposo. Pedro Leal no tenía razón para sospechar que una maldición husmeaba sus pasos y le perseguía como una sombra.

Él disfrutaba al tener el conuco mejor cuidado, el más frondoso y el más amplio de la comarca. La extensa área del conuco era una planicie ordenada en líneas paralelas, divididas por los matices de la vegetación. Verde violeta eran las ramas de las yucas, verde intenso el del platanal, verde limón era el maíz y verde añil, el de las ramas de las batatas. Pero como dice el dicho, la suerte del pobre dura lo que un aguacero con el sol afuera, y una noche, durante los primeros días de ese mes, el ladrido de los perros lo despertaron. Animales realengos se habían metido por los alambres en mal estado y amenazaban con comerse la cosecha. Aunque los espantó al instante, los daños causados fueron considerables. A pesar de haber cubierto las troneras en los alambres al día siguiente, no hubo una noche de ese mes en que los animales no se metieran al conuco.

Durante el transcurso de varias semanas, tratando de buscar una solución al problema, Pedro Leal había tenido conversaciones acaloradas con su vecino, y aun así no había logrado ningún resultado positivo. Opinaba que la alambrada separaba las propiedades de ambos y por tal razón los dos tenían que dividirse el gasto y la labor de la reparación. Según Pedro Leal, su vecino era el único responsable por los daños, pues los animales entraban a través de su propiedad, aun así, Pedro Leal estaba dispuesto a ayudar con la reparación.

Tenía ya una semana sin poder dormir en paz.

«¡Escúcheme!, "¿Qué va usted a hacer para que los animales no se metan al conuco?"» –Le había dicho al vecino la mañana del miércoles.

Entonces segado por la cólera, Pedro Leal hubiera decidido terminar el asunto en ese preciso momento, dejando que los filos de sus machetes cortaran el mal del problema de una vez y por todas, pero los que sabían del conflicto, estaban a la expectativa y evitaron que ocurriera una fatalidad.

La noche, de ese miércoles, a pesar del mal humor de esa tarde, Pedro Leal se quedó dormido al instante. A media noche lo despertó el gran sonido del silencio. No se oía un alma. –¿Qué piensas? –le preguntó su esposa al sentirlo despierto.

–Estoy pensando matar al vecino–

–No te preocupes, no vale la pena matar a nadie por nada de este mundo. Duérmete y se te olvidará –le aconsejó ella, medio dormida.

Una hora más tarde, él sintió sed y se dirigió a la cocina, que estaba al cruzar el patio. Era una noche estrellada, pero sin luna. Un silencio de abismo reinaba sobre el mundo. Mirando en dirección a los alambres, descubrió algo parecido a una sombra que merodeaba en la distancia y pensó que una vez más algún caballo vagabundo se había metido a comerse la siembra, y se disponía a espantarlo, pero de inmediato descubrió que esa visión borrosa cambiaba de forma y tamaño de manera constante. Pensó en los perros, ¿Por qué no la habrían presentido?, ¿Qué siniestro mal andaría suelto a esas horas? Sintió un temor inexplicable, y fue a refugiarse a su dormitorio.

Su esposa continuaba dormida. Por entre las rendijas de la pared, buscó con la mirada por el área donde creía haber visto la sombra, pero ya no estaba. Luego de buscar en el espacio del conuco, sin ningún resultado, la vio en la cercanía del patio de la casa. Era una mancha oscura, que se imponía sobre la oscuridad de la noche. Lo vio alejarse, cruzando los alambres, cual si hubieran sido una puerta abierta. Luego desapareció, confundiéndose con la noche.

Cuando volvió a la cama y se quedó dormido, Pedro Leal se vio así mismo durmiendo en el suelo, como los desamparados. Varias moscas se le habían posado en la cara. Luego continuaron llegando más moscas; cientos, miles, millones de moscas se posaron sobre él, hasta convertirlo en una gran masa negra de moscas. Despertó con un grito desesperado.

–¿Qué te ocurre? –volvió preguntarle su esposa, ahora completamente despierta.

–Nada, estaba soñando que yo era Tarzán de la selva – mintió él.

Un instante después, una nueva pesadilla se apoderó de su sueño. En esa ocasión, Pedro Leal volvió a soñar que estaba sentado frente a su casa viendo la vida pasar, y un cerdo muy delgado le cruzó por en frente. Luego pasó otro cerdo en los puros huesos, seguido por otro, igualmente raquítico. Pasaron ante él miles, y miles de cerdos. Era un desfile de animales esqueléticos que se perdía en la lejanía. Entonces inmóvil de espanto, él llamó a Mariana para que viera lo que estaba ocurriendo. Fue cuando uno de los animales se detuvo y le sonrió, y él descubrió, aterrado que el cerdo tenía un diente de oro.

Cuando despertó el Aurora, y pintó el borde del horizonte con pinceladas de oro, ya Pedro estaba en el conuco. Había dormido mal. Se sentó en una piedra, y miró los techos de las casas que iban apareciendo intactos, aun sin un rastro de calamidad. A medida que un sol tímido y sin permiso se deslizaba por el campo, fue apareciendo el arrabal, que delataba el canto de un gallo, el llanto de un niño, al perro vagabundo que corría despavorido, porque lo sorprendió la luz del día, y vio la imagen de un peón ordeñando las vacas del amo. Poco a poco desapareció la tiniebla de la noche y se hizo la luz.

A las diez, el calor se había hecho insoportable. Las primeras picaduras no fueron motivo de alarma. Pedro Leal estaba acostumbrado a la vida recia del campo, y las mordidas de insectos estaban siempre a la orden del día. Un instante más tarde al sentir varios aguijonazos consecutivos, pensó que estaba próximo a una colonia de hormigas rojas y decidió terminar de arrancar las malezas con las manos, para no remover la tierra. Fue entonces cuando escuchó el sutil crujido de pies descalzo en paja de arroz, y vio una avalancha de millones de hormigas que se precipitaba sobre el cultivo. –¡María Santísima!– Apenas pudo decir, incrédulo de lo que veían sus ojos. Era un mar rojo de hormigas, devorando hasta el último retoño de las cosechas.

Su esposa, que le vio llegar tan agitado y pálido, pensó que había sufrido un breve mareo. Pero al verlo con la mirada fija en el conuco, observó con asombro la marea colorada, que iba tijereando el cultivo. Tomó apenas minutos, para que la comarca entera supiera, que un severo maleficio había caído sobre la propiedad de Pedro Leal.

–Eso le pasa por ambicioso– decían algunos.

–De seguro es un castigo celestial por algo que ha hecho– decían otros.

Y fueron varios los que pensaron que aquello de seguro era algún cuento de Pedro Leal para hacerse rico, cobrando a los que quisieran ver. Él estaba tan confundido con aquella tragedia, que ni supo cuando el patio, y toda su casa se llenó de curiosos, quienes con algarabía de estadio miraban aquel fenómeno.

Al llegar las horas recias de la tarde, sin embargo, la muchedumbre de curiosos se había marchado a sus casas, porque la verdad es que tenía poco de sensacional, ver una capa de hormigas posada en un conuco; daba lo mismo ver una alfombra roja.

Mariana roció agua bendita sobre la puerta de la casa, y alrededor del patio por temor que el hervidero endemoniado llegara hasta ellos. Jamás había visto nada parecido. Ella que había oído cuentos locales sobre sortilegios, comprendió lo que ocurría. Le dejó saber su certidumbre:

- Te han echado una porquería–, le aseguró ella. Pero él estaba, trémulo y desorientado mirando como las hormigas destruían la cosecha, y no le prestó atención.

–Luego que se coman hasta la última hoja del cultivo, se meterán a la casa y nos comerán vivos- continuó Mariana.

En ese momento, Pedro se sentía el hombre más inútil del mundo; le faltaba el color, y no le salían las palabras.

–Conozco a alguien, que tiene un amigo, que dijo conocer un tipo, que conoce a un señor, que sabe cómo espantar cualquier mal- dijo un vecino amigo, con la idea de darle esperanza.

–¿Qué es eso?- ¿Una canción de Serrat?" -le preguntó Pedro Leal.

–Con una información tan exacta como esa, solo me queda darme un baño en salsa de tomate, y condimentarme, yo mismo para que las hormigas me disfruten a plenitud cuando me devoren-

En horas de la tarde ya todos se habían marchado, y Pedro Leal continuaba en el patio sentado en una silla. Miraba el desastre de las hormigas, con la misma actitud que un desvalido observa el genocidio de sus familiares.

Fue entonces, cuando a la luz ambarina del atardecer, vio aparecer a un señor muy anciano que entró por la puerta del camino, por donde hacía un instante Pedro Leal había visto salir a su esposa en dirección al mercado. El anciano pasó cerca de él, sin saludar, y continuó hasta donde terminaba el patio. Tenía la barba algodonada por los años. Vestía sombrero de hojas, pantalón ordinario, una camisa escocesa de cuadros anchos, y calzado de hule, y por la forma de caminar y su forma vestir Pedro Leal comprendió que ese hombre había llegado de otro. Lo vio llegar hasta un extremo de la parcela, y sin dejar de mirar el conuco, y sin volver la vista atrás, caminó sobre el perímetro de la cosecha, hasta llegar a la alambrada. Volvió a cruzar el patio, y aún sin saludar, volvió a pasar nuevamente cerca de Pedro Leal. Llegó hasta el camino, y pronto desapareció.

Como quien despierta de un leve sueño, Pedro Leal fue casi corriendo para preguntarle quien era, pero el anciano ya había desaparecido. Decidido a alcanzarlo, caminó a toda prisa, hasta que en la distancia vio la diminuta figura de Mariana que regresaba del mercado. Ella le aseguró no haber encontrado a nadie, que no fuera de la aldea. Resuelto, Pedro Leal continuó preguntando a los transeúntes que encontraba a su paso, y de todos obtuvo la misma respuesta: no habían visto a nadie desconocido.

Finalmente, resignado a aceptar que se había quedado dormido, y que todo había sido producto de su imaginación, Pedro Leal tomó el camino de regreso, cabizbajo y pesaroso. En la puerta del camino real levantó el rostro y mantuvo la vista fija en la casa. No se animó a mirar lo que quedaba del conuco, para no lastimarse más con ese desatino. De la planicie verde del cultivo, ya solo quedaba una capa azulada de polvo, que bien parecía cenizas de un volcán. Mariana lo esperaba con la cena lista, triste y resignada. Comenzaba a anochecer, y el diamante solitario de Venus brillaba en el horizonte del cielo.

MAÑANA CUANDO VUELVA

||||||||||||||||||||||||||||||||||||||||||||||||||||||||||||||||||||||||||||||||||||||||||||||||||||||||||||||||||||||

A su paso por la antigua carretera, el viejo auto iba dejando una estela de humo y polvo que lo hacía parecer un vetusto cometa errante. Esa ruta había sido una magnífica vía para el transporte de camiones pesados durante la era de Chapita. Ahora, más de medio siglo después de total abandono, se había convertido en un simple trecho de tierra en medio del valle por donde transitaban animales sueltos, y a veces conductores aguerridos.

No eran las doce del mediodía, y el sol estaba inmóvil en el firmamento, como una soberbia bola de candela que hacía arder el mundo. El calor, y una miseria feroz era un dúo mortal decidido a acabar con la existencia humana en aquellas lejanas tierras. Aunque faltaba mucho para llegar, no había razón para pensar que otros lugares del litoral habían tenido mejor suerte en un país como ese, acorralado por la pobreza.

Con la honda desolación del que sospecha una mala noticia, apretujado, sudando a chorros, y cubierto de polvo hasta las pestañas, regresaba Jando de los Estados Unidos, después de diez años de ausencia. Había luchado contra lo imposible durante intensos largos años, y regresaba cansado. Su cuerpo no daba para más. Apenas había cumplido treinta años, y aunque se consideraba un sobreviviente afortunado, por haber podido regresar con vida al terruño que lo vio nacer, se sentía viejo, y llevaba el alma en sombras.

Jando se llamaba Alejandro María Quezada, o por lo menos, así se había llamado hacía ya mucho tiempo cuando todavía no había viajado a los Estados Unidos. Con una visa comprada, unas botas falsa de cuero de caimán, pantalón vaquero, y una camisa deportiva que decía «I love New York», se había marchado. Llevaba una maleta medio vacía, y la cabeza llena de sueños. Ese día que se marchó, con su vestimenta de emigrante agobiado, parecía disfrazado para un carnaval. A los veinte años de edad nunca antes había usado zapatos, y muy pocas veces camisas. Su piel, curada a fuerza de la vida bajo el sol, era de un cuero oscuro, lustrado y recio, como el pellejo de una anguila. Sus pies broncos, estaban protegidos por una coraza de cachaza, dura, como la goma, por donde no penetraban las espinas, ni los cristales rotos. El día que se marchó con franela, pantalones, y calzados de tacos, caminaba como un jinete, sin su caballo. No había que ser un gran observador para saber que viajaba de polizonte, pero por suerte, por decirlo de algún modo, los agentes aduaneros estaban muy ocupados en sus asuntos, para perder el tiempo revisando documentos, y lo dejaron pasar.

En la ciudad de Nueva York Jando conoció a Graciela Capazo, una indocumentada igual que él, y para recordar y sufrir juntos, se mudaron en el apartamento de un edificio infestado de ratas, mendigos y adictos. Una mañana, al abrir la puerta los sorprendió ver en una caja del correo, un águila blanca tapizada de estrellas, entre barras azules y rojas con la inscripción "US Mail" y los dos, idiotizados de amor, decidieron que así llamarían a su primer hijo.

Cuando el niño USMail nació, un año después, apenas se podían soportar. Ella soñaba con amantes de pelo largo, de los que llevan mensajes frenéticos, gravados en la piel, y usan anillos con piedras de colores. A Jando se le antojaba una rubia, como las modelos de ojos sensuales y manos cuidadas, que a diario veía en las revistas de los escaparates. Así transcurrieron cinco largos años. Y en una ocasión, cuando en la escuela informaron a la agencia para protección de los menores, que el niño USmail Quezada lucía desnutrido, y desgreñado, acusaron a los padres de éste de negligencia contra un menor. Ambos escaparon, para no ser apresados por los agentes de inmigración.

Dejaron el apartamento abandonado, y perdieron además, la tutela del niño. Ese mismo día en medio de la confusión, Graciela Capazo desapareció, como una sombra que se pierde entre los letreros de esa gran Ciudad. Con el pasar de los días, que luego fueron meses, y después años, Jando extrañó a Graciela con una necesidad imperiosa. La anheló, con la misma urgencia con que antes soñaba con las rubias de las revistas. Por las noches, acuchillado por el frío, y la soledad, palpaba su imaginaria presencia en la oscuridad, y olía el colchón, buscando rastros de su perfume. Él hubiera dado media vida por encontrarla, y la otra mitad la hubiera consagrado a amarla. Quería que rehicieran sus vidas y valiéndose del pretexto de ser los padres de un niño estadounidense, reclamar al pequeño USmail. Éste para entonces, vivía ya con una familia adoptiva, que le hubiera vendido el alma al diablo, con tal de quedarse con él. Jando quería que los tres nuevamente volvieran a compartir sus miserias. y sus frustraciones. Pero Graciela se había cansado ya de sufrir, y se había perdido, como se pierde la tarde, cuando se oculta el sol.

Sin darse por vencido, pues la esperanza, es lo último que se puede perder, Jando continuó, como un perro gatero, rastreando sus huellas, sin que esas pistas lo guiaran a ninguna parte. Buscó por mucho tiempo alguna señal, con la misma obsesión con que un astrónomo, en la oscuridad del infinito busca los espirales retorcidos de una lejana galaxia, sin poder encontrarla. Nunca más volvió a verla.

Trapazado de tanto sufrir, pues tenía a Graciela como un disco, dándole vueltas en la cabeza, la buscó entre borrachos y adictos. La buscó entre prostitutas y delincuentes. La buscó en prostíbulos de ambientes lúgubres, que olían a espermas viejos, a perfume con saliva, a humedad, y a trapos mustios, y no la pudo encontrar. Finalmente, comprendió, que Graciela Capazo sólo había sido una estrella fugaz en su oscuro universo.

Cansado de buscar, y de ser buscado por los agentes de inmigración, que le andaban pisando los talones, resignado y triste, decidió volver, como el viajero que regresa derrotado, pero tiene el consuelo de poder, por lo menos, revivir viejas añoranzas en su tierra natal.

Ahora regresaba Jando, en medio del bamboleo, de un viejo carro. Miraba al techo del auto y cerraba los ojos, y los mantenía apretados, como quien se toma un purgante, o como el que le duele una muela. Hacía ese esfuerzo, intentando despejar de su mente los recuerdos de Graciela, y tratando de recordar esa mañana distante en que se marchó a Los Estados Unidos. La carretera por entonces tenía una capa de asfalto, y la vegetación que crecía a sus costados era menos adversa. El mundo entero, era menos hostil.

En ocasiones, había soñado la fantasía de encontrar la aldea natal en mejores condiciones de las que estaba, cuando se marchó. Hasta se imaginaba, ver a su entrada, entre flores de colores, y ramas frescas, un espléndido letrero de color pardo, con letras doradas anunciar: «Bienvenido a la Divina Providencia». Pero los agravios que había impuesto la miseria, le salían al encuentro por todas partes. Las primeras huellas de la agobiante pobreza las había visto en el aeropuerto. Había visto a los agentes aduaneros, macilentos, y envejecidos, que con la mirada le rogaban una limosna. Hasta los perros vagabundos que cruzaban las calles, indiferentes al peligro, parecían esqueletos andantes.

Ahora, a través del cristal, ese viejo sendero aparecía ante él, mustio y delirante, como el indicio de una mala señal. Entre cortinas de polvo, y nubes de moscas, a la entrada de la aldea, aparecieron las primeras palmeras imponentes, y solitarias, como eternos vigilantes custodiando la infinita parsimonia de la pobreza. Sus hojas erizadas, parecían grandes manos advirtiendo un maleficio. Luego fueron apareciendo las primeras viviendas; casitas empobrecidas, a punto de desplomarse. Eran pequeños ranchitos de hojas, con los techos tostados por un sol inclemente, que nunca dejaba de arder. La aldea entera había sido fundada sobre un suelo hostil, plagado de tarántulas venenosas. Una aridez perenne hacía escaso el cultivo, y sólo las plantas de los desiertos crecían sin tropiezos. Alguna vez, en los años de la escuela primaria, Jando había preguntado quién había sido el sádico, con la descabellada idea de fundar una comarca en medio del desierto, y le habían dicho que los líderes de los pueblos, al igual que dioses caprichosos, tienen misteriosas formas de obrar.

Desde muy chicos, los niños en La Divina Providencia aprendían a comer las semillas tiernas de las palmeras, las frutas de las tunas y de las pitahayas. Y los adultos como lagartos en sus cuevas, se pasaban las horas recias del sol, ocultos a las sombras de sus ranchos, aturdidos por la reverberación. Una vez, en La Divina Providencia, había existido un río, pero el sol se lo había ido bebiendo en sorbos lentos, y por los años de la niñez de Jando, solo quedaban ya algunos escasos posos de aguas verdes, cubiertos por una eterna nata vegetal en donde nacían y se multiplicaban los mosquitos.

De no haber vivido allí antes, Jando hubiera jurado que se habían equivocado de lugar. Pero ahí estaba la escuelita de madera, a punto de desplomarse. De mejores tiempos, quedaban los vestigios resecos de los cascarones vacíos de las casas de concreto, que quedaron cuando la gente se mudó para la ciudad. Jando reconoció, además, el solar polvoriento, y desocupado donde estuvo la gallera, y la casa abandonada de Genaro Corona. Un lúgubre caserón, con las puertas y las ventanas desencajadas, a la que nadie se acercaba, pues juraban que estaba habitada por el espíritu de su amo muerto, hacía ya más de veinte años. Entre las visiones que pasaban, como celajes ondulantes, a través del cristal del auto, Jando vio un perro muerto en la cuneta, a dos ancianos jugando dominó a la sombra de un rancho, a una mujer negra y alta, como una palma, cargando un bidón de agua en la cabeza, y vio a un grupo de niños descalzos, que jugaban bateando la cabeza de una muñeca, a falta de una pelota. Todo, sin embargo, parecía no ser más que ilusiones ópticas porque no bien aparecían, desaparecían entre la nube de polvo y humo que iba dejando el auto. Jando se conformó pensando que toda aquello no era más que recuerdos amontonados de una pesadilla que terminaría en cualquier momento.

Cuando el auto, por fin, se detuvo frente a la ya maltratada construcción de madera de pino sin pintar, Jando apenas reconoció su antiguo hogar de tantos recuerdos dulces. Ahora, sin embargo, todo estaba tan cambiado que tenía que hacer grandes esfuerzos para relacionar tantos recuerdos afables con aquella casa en ruinas. Con los dos baúles gigantescos, que bien parecían cofres de corsarios, se quedó un buen rato petrificado, resistiéndose a creer que todo había cambiado tanto. Las yerbas y los espinos habían crecido libremente hasta los límites de un patio, que ahora le parecía mucho más pequeño que la imagen, que aún tenía en su memoria. La casa misma, ahora deteriorada por el tiempo, parecía una caricatura fantasmagórica de la original. Dicha imagen evocaba en él una sensación de lástima parecida a la que se siente cuando después de mucho tiempo se ve al anciano a quien se conoce desde antaño, y al volverlo a ver, uno presiente que está siendo testigo de sus últimos días.

En el camino de regreso Jando se había sentido burlado por la memoria. Ahora presentía estar traicionado por la naturaleza. Hasta donde podía recordar, la casa había sido fundada en un terreno firme fresco y plano con un limonero y dos árboles de mango en donde anidaban las aves todo el año. A pesar del eterno calor de La Divina Providencia, él guardaba de su niñez recuerdos amenos de un niño columpiándose entre las ramas de los árboles, acariciado por la brisa fresca que llegaba de lejos. Ahora la vieja casa casi colgaba de un barranco. De los árboles de frutas, no quedaban ni las sombras.

Se resistía a aceptar lo que de una manera tan infame le mostraban sus ojos. Su última esperanza se le desvaneció, como un granizo al calor del sol, cuando vio su propio nombre gravado en el cemento del traspatio. De eso hacía ya una eternidad. Él todavía era un crío, y la vida aún le sonreía. Una mañana, mientras los albañiles concluían la construcción del estanque para almacenar el agua lluvia, a escondidas él había escrito en el cemento fresco "El mundo es bello". Fue tan inocente, que justo al lado, para que nadie más reclamara esa hazaña como suya, escribió su nombre y apellido. Eso causó que le dieran una tremenda golpiza, pero con los años recordaba esa mañana con añoranza. Alejandro María Quezada era entonces feliz pastoreando los chivos, buscando leña y monteando las gallinas. A esa tierna edad, aunque acorralado por la pobreza, era feliz, pues no le preocupaba la intransigencia de la realidad, ni la arbitrariedad de la muerte. Los grandes pesares del mundo eran problemas de los adultos, y la vida no existía más allá de los límites de la aldea. Nueva York, ciudad prodigiosa a donde viajaban los adultos en busca de la felicidad eterna, no existía en su diccionario, y ser adulto era una cumbre que no le interesaba escalar.

No había ya ninguna duda. Ahí estaba escrita con tinta indeleble, en el cemento agrietado del estanque seco, su firma en letras garrapateadas. Un hondo quebranto se apoderó de él y, como un mendigo de recuerdos, se fue a recorrer la aldea saludando y preguntando, casi suplicando ¿Se acuerdan de mí?, mas nadie tenía ni idea, de quién él era. Pero ¿cómo es posible si apenas han pasado diez miserables años?, se decía. –No puede ser, continuaba hablando entre sollozos. Si hasta sabía de una canción que atestiguaba que veinte años no es nada.

No tenía razón para preguntarle a los niños, pues ellos habían nacido después de su partida, aun así les preguntó, como un tonto: ¿Se acuerdan de mí?, pero ellos pararon de jugar apenas un momento, molestos por ese atolondrado del diantre que los interrumpía. Nadie, ni siquiera por lástima, le ofreció la piedad de una mentira. Los dos ancianos que a esa hora maléfica continuaban jugando, interrumpieron la partida, e hicieron un grande esfuerzo para recordar, pero el negro silencio que se reflejaba en sus frentes surcadas por los años, era más elocuente que cualquier respuesta. Por un instante que a Jando le pareció un siglo, buscaron por las rutas del recuerdo en un intento por reconocerlo, sin ningún resultado. Lo miraron con una atención detenida, como quien mira a través de un cristal turbio, y resignados, continuaron la partida.

Una amarga pena, parecida a la derrota, le corrió el cuerpo; y apenas contuvo la tormenta de maldiciones que le rugía por dentro ante aquella realidad tan absurda. Tuvo deseos de salir corriendo camino abajo gritando mil blasfemias, para ver si así podía arrancarse del alma esa gran frustración. Pero estaba cansado de ver más allá de la realidad y de sufrir. Le dolía recordar, aun así, de su memoria se escapaban recuerdos, que eran como ráfagas de garras que le arañaban el corazón. Comprendiendo que ya no le quedaba nada que le uniera a esa aldea ingrata, se fue casi arrastrando los pasos en el polvo del camino, mordiéndose los labios para no llorar.

«Esta es la maldición de ser inmigrante», se decía, esperando que con cada paso, se fueran cayendo de su memoria los recuerdos, como se caen las hojas en el otoño. Deseaba que en ese instante se lo tragara la tierra, quería que una súbita centella lo fulminara para no tener que arrastrar la pena de no ser ni de aquí, ni de allá. Anhelaba con una gran rabia, que se lo llevara la muerte. De seguir vivo, quería irse lejos, sin equipaje, sin recuerdos, y hasta sin nombre, esperando algún día llegar a un lugar apartado de todos, donde nadie llegara a comprender su gran tragedia, y a donde no llegaran noticias de esa aldea, ni de Nueva York. Buscaría un lugar en donde por las noches los sueños no estuvieran poblados de recuerdos y el desprecio al pasado, no se tropezara con la vida. Entonces comenzaría de nuevo y se llamaría Danilo, o talvez Generoso. Quizás hasta podía encontrar niños, que ambicionarían nunca ser adultos. Quizás ellos serían capases de interrumpir uno de sus juegos, para escribir en el polvo «el mundo es bello».

EL PRECIO DE UN DESHONOR

se domingo tenía todas las características de un día festivo. No había razón para pensar que una desgracia se impondría empañando la alegría de un día de gallos. Elizondo González se había levantado más temprano que de costumbre para soltar los becerros que estaban en el achicadero antes de marcharse. Pero soltar los animales le tomó más del tiempo previsto.

Su hijo mayor se levantó minutos después que él. Aparejó el burro, que estaba en el cercado adyacente a la casa, y mientras se marchaba para el río a buscar el agua, vio a su padre alejarse con el colorado en la mano, camino a la gallera, –¡buena suerte!

– le dijo a lo lejos.

El colorado de Elizondo González debutaría una vez más esa mañana. Cuando lo sacó de la casilla, al sentir su temblor ancestral en sus manos, Elizondo había sentido por el animal un estupor parecido a la compasión. El colorado, como le llamaban a su gallo, era de estatura pequeña para ser un gallo de pelea. Algunos que no conocían la crianza de gallos de Elizondo, al ver al colorado, tenían la impresión de que su crecimiento había sido afectado por alguna dolencia de la pobreza. Tenía la cabeza pequeña, y el pico más largo de lo normal. Y eso parecían ser los únicos atributos que podían favorecerle a la hora de la pelea. Pero luego de más de diez contiendas en que en todas había salido victorioso, el colorado se había convertido en algo parecido a una leyenda.

Mariano Liranzo había viajado a un pueblo de Nagua en busca de Blanco López, un gallero con fama de criar los mejores ejemplares del país. Y al mismo Blanco López le compró el pinto que esa mañana enfrentaría al colorado de Elizondo González.

El pinto era alto, fuerte, su cuerpo bien desarrollado y con solo verlo caminando en el tinglado se sabía que era un ganador. Los aficionados se inclinaban en su favor con solo verlo. El pinto estaba invicto.

Mariano Liranzo había llegado de la loma seguido por un séquito de fanáticos que apostarían a su gallo los ahorros que habían podido acumular durante semanas de limitaciones. Cuando llegó a la gallera y colocó al pinto en el lugar de los contrincantes, Mariano Liranzo tomó asiento en el público, en espera de un adversario. Pero las peleas estaban ya todas tramadas y su gallo resultaba ser más grande que los gallos grandes que habían. Otros galleros, que conocían a Mariano Liranzo por poseer siempre buenos ejemplares, rechazaban cualquier invitación a pelear sus gallos contra el suyo.

Cuando Elizondo llegó, habían ocurrido ya tres peleas. Cada una había sido un evento para recordar.

Sus amigos lo esperaban y le reprocharon no haber llegado más temprano.

Alguien en la multitud propuso el encuentro del gallo de Elizondo con el de Mariano. Mariano Liranzo no se hizo rogar, y mirando al colorado temblando nervioso en las manos de su dueño dijo: «yo apuesto mi vida contra ese». Él no se imaginó que su desafío era un adelanto verídico de lo que ocurriría esa mañana. Los amigos de Elizondo guardaron silencio, si bien por no caldear los ánimos, porque advertían la inminente ventaja del gallo desafiante. Elizondo aceptó la propuesta.

En la balanza el pinto aventajaba al colorado por más de media libra. La disparidad de los pesos hacía inconcebible el encuentro. El referí le advirtió a Elizondo: «esta pelea no es pareja».

«Yo acepto la desventaja» dijo de forma humilde Elizondo y eso fue todo lo que se necesitó para que la pelea se efectuara.

El público deliraba de emoción cuando el referí hizo la señal para que se soltaran los gallos. La pelea fue corta y dramática. En el primer encuentro el pinto le dio una estocada con la que el colorado se fue de recula. Le colgaban las alas. Apenas podía respirar, y trataba de encontrar el balance necesario para no caer. El pinto lo volvió a encontrar cuando estaba a punto de desplomarse y una vez más le propinó unos cuantos picotazos que con el impacto lo levantaron del suelo y volvió a caer fulminado.

El referí se disponía a dar la pelea por terminada, pero advirtió que el colorado desde el suelo había abierto las alas una vez más intentando levantarse. El gallo pinto también notó que al adversario le quedaba algo de vida, y corrió a rematarlo de una vez. Bajó la cabeza para golpear mejor a su oponente y ese fue su error mortal. El colorado que estaba moribundo, dio un salto imposible y se aferró de las plumas del pecho del pinto. Y le lanzó una sola espolada mortal. Incrédulos, el público vio al pinto retroceder herido de muerte, y unos pasos después cayó muerto.

La multitud, que hasta entonces había permanecido en suspenso, rompió el silencio, perdió la compostura y delirando de contenta, cogió del suelo al colorado victorioso. Lo besaban, lo levantaban por los aires, y lo exhibían como a un talismán de la buena fortuna.

En medio de la algarabía, Elizondo vio a Mariano Liranzo que lo observaba con unos ojos fríos de animal ponzoñoso. Los que celebraban, se llevaron el gallo de Elizondo para celebrar con él la victoria. Elizondo se sintió observado, una vez más y cuando se volvió, observó que a su espalda estaba Mariano Liranzo, más cerca de lo deseado.

«ganaste pero no fue a las buenas»- dijo Mariano Liranzo.

Elizondo no entendía.

Mariano Liranzo terminó de aclarar lo que decía: «hiciste trampas. Esas espuelas estaban envenenadas».

Diciendo esto, se puso una mano en el cinto en señal de que estaba armado.

La amenaza del cuchillo le infundió a Elizondo una valentía temeraria

«a mí nadie me llama tramposo y el que lo haga, o se retracta, o no vive para contarlo». Entonces se levantó un lado de la camisa y le dejó saber que él también tenía un cuchillo.

-Amigo- dijo el otro- yo solo me arrepiento de lo que no he hecho.

-Lo de «amigo», va por su parte- dijo Elizondo--salgamos.

LA RUTA DEL RECUERDO

||||||||||||||||||||||||||||||||||||||||||||||||||||||||||||||||||||||||||||||||||||||||||||||||||||||||||||||

Una semana más de labores intensas había concluido. Y en la aldea eso era una buena razón para ser celebrada con una fiesta. Los aldeanos eran personas de espíritus festivos, y encontraban en cualquier acontecimiento una excusa para celebrar. Un parto sin complicaciones, una semana de lluvia que garantizaba una buena cosecha, la victoria de un gallo de la aldea, o el simple hecho de que alguien, casi acertara a ganar el premio mayor en la lotería, era motivo para una pachanga, que en ocasiones podía durar el fin de semana completo.

Eran muy pocos ya los que guardaban recuerdos nítidos de esos días, cuando en el mundo aún quedaban rasgos de los tiempos cuando el paraíso estuvo en la Tierra. Dios, para entonces tenía tiempo para andar entre los pobres, y cualquiera se encontraba con él en los caminos. Andaba siempre disfrazado de mendigo barbudo. Visitaba los hogares más humildes, y pedía que le dieran agua, o algo de comer. Y varias fueron las ocasiones, que al ver las buenas intenciones de la gente, esbozaba una sonrisa, y desaparecía, o simplemente se elevaba, y se perdía en las alturas. La gente era entonces tan pacífica, que acostumbraba a saludar a los demás, y era solidaria con el dolor ajeno. No era extraño, en horas de la mañana, dar los buenos días, y en los atardeceres desear las buenas noches.

Para entonces la aldea no era más que un puñado de bohíos de madera con techos de palma cana, y pisos de barro. Las casas tenían zaguanes con puertas de corrales para que entrara el fresco en los meses de calor, y mantener alejados a los animales en los tiempos de lluvias. Había un camino real amplio y polvoriento por donde los niños en caravanas de burros cargaban el agua desde el río. El camino era también el escenario de escandalosas peleas de gallos, los sábados en la mañana. Eran pocos los que tenía un presupuesto para ir a la gallera. El Diablo para entonces no se había llevado a Miguel La Ceda, y en la aldea todos eran compadres. No había más de seis apellidos entrelazados por el amor y la honra. La foresta estaba teñida de amapolas, y flamboyanes, y las noches en los hogares, estaban pintadas por el amarillo que emanaba de las llamas de las lámparas de gas.

Sentado en su viejo mecedor, Fortunato Jiménez, un viejo músico con fama legendaria, fingía observar a los niños que jugaban a la sombra de un roble. Acomodó las piernas en un taburete. Miraba su cuerpo inservible, que lo mantenía atado al asiento, como un ancla, a un viejo barco en un puerto olvidado. Sus compañeros de orquesta ya habían muerto de viejo, y solo él había aquedado, como el eslabón de una cadena que arrastró el viento. De todas las calamidades que le trajeron los años, la peor era la persistente e irremediable aridez de la memoria, que se empeñaba en borrarle los recuerdos más gratos. A veces, al tratar de evocar el pasado, esa imposibilidad lo hacía llorar en silencio, y a escondidas.

Leopoldo Durán, su compadre, y vecino, casi treinta años menor que él, comprendía la pena que acongojaba al anciano amigo, y lo ayudaba a recordar: decidió contarlo una escena que ya solo existía en su memoria:

«La primera vez que te vi, compadre, tú era el único músico de acordeón de la aldea. Eras dado a la parranda, y al alcohol. Yo debí tener para entonces, no más de un año de edad. La cuarta noche, cuando ustedes llegaron, nosotros estábamos en la cama. Mis hermanos y yo, nos despertamos contentos ante la novedad de esa fiesta. Estábamos felices de tener a tanta gente en la casa. Me acerque demasiado, a los que bailaban, y me pisaron un pie. Del dolor, vi candela verde

Leoncio Blanco, había llegado a la aldea, con una yunta de bueyes, y con el encargo de arar las tierras que ese año serían cultivadas, y se encontraba en ese bochinche. Nadie sospechaba hasta qué grado podía el alcohol perjudicar su conducta. Había estado tomando ron de caña desde las horas tempranas del día, anterior, y ya él no era el mismo. En un momento dado, se arrancó la camisa, y lanzó una botella, que pasó como un bólido rozando las cabezas de la muchedumbre, y se hizo migajas contra una puerta. De haber hecho impacto en una persona, hubiera causado una desgracia.

Compadre, recuerdo que soltaste el acordeón, y con la agilidad de un felino, cruzaste por entre la multitud, y cuando viste a Leoncio despechugado, y echando palabrotas, lo tomaste por un brazo, y lo sacaste al camino. Tu amenaza fue suficiente, para que él se marchara, y no perturbara la alegría de los que celebraban. El incidente causó que por un instante se menguara la alegría, pero tú gritaste; «¡aquí no ha pasado nada!», y el baile continuó, sin más inconvenientes. Al amanecer todos sabíamos que la fiesta continuaría por varios días más.

Ese día siguiente, a eso de las ocho de la mañana, decidieron sacrificar un animal para el desayuno. Mi padre, y dos hombres más te acompañaron a comprarlo a un comerciante amigo que vivía del otro lado del río.

«¡Me acuerdo!»

-Respondió, Fortunato- con una voz grave de hombre que se va para no volver.

«¡Me acuerdo compadre, continúa contándome!»

Leopoldo continuó: «la casa era muy pequeña. Estaba en la parte alta de la colina, y desde el zaguán, en los días de verano podía verse a la gente nadando en el río. Desde la altura del hombro de mi madre, yo los vi cruzar esa corriente azul, desaparecer, y volver a aparecer un instante más tarde. Regresaron a casa con un corderito negro con algunas manchas blancas en la frente. Luego procedieron y lo sacrificaron en el patio de la casa. Me acuerdo de los gritos de aquel pobre animal. Ante aquella escena horrorosa, me eché a llorar abrazado a mi madre».

Una gran nostalgia se apoderó de los dos viejos amigos. Habían enmudecido añorando un pasado que se desmigajaba con el pasar del tiempo. Algunas lágrimas se deslizaron por sus mejillas, y ninguno de los dos se motivó a continuar hablando para no revelar que el recuerdo los había enternecido. Entonces comenzó la lluvia, y cuando las lágrimas se camuflaron con el agua que caía del cielo, se miraron y se echaron a reír.

CUANDO CUCA BAILABA Y EL DIABLO ERA ALCALDE

‖‖

Ya muy pocos recordaban como había llegado, cuál era su procedencia, y porqué había venido a vivir a esta aldea. Algunos decían que se había escapado de una tribu de sefarditas. Otros, que era un rebelde sin causa. Algunos más decían que era un prófugo de la ley, y que usaba la lejanía de esta cordillera, un tanto para olvidar, y otro tanto para escapar a los tentáculos de leyes extrajeras que se deslizaban por aire, tierra y mar en su búsqueda. La gran mayoría, sin embargo, pensaba que todo cuanto se decía sobre él no era más que fábulas desacertadas, pues sus grandes y descuidadas uñas de caballo viejo, sus molleros desnudos y sus manos árida, adoquinadas de callos, sugerían que él solo era uno más de los tantos condenados del infierno de este mundo, quien parecía haber tenido la mala suerte de haber vivido varias vidas de trabajos rigurosos, y que de todas, esta última parecía ser la más implacable.

Su fama no fue el producto de leyendas que se tejen con el pasar de los años, y se perpetúan en el tiempo como cicatrices rencorosas en el rostro. Desde sus primeros días él había adquirido reputación de ser el hombre más trabajador, el más arriesgado, el más forzudo, el más valiente, el más comelón, el más malcriado y el más borrachón que se había conocido en la aldea.

Debe aclararse de que a pesar de su gran, y extensa mala fama, él fue un hombre muy honrado. Con eso de que era honrado pretendo decir que nunca se le vio un día de trabajo sentado en una esquina mirando el tiempo pasar. Él era algo así, como un hereje a tiempo parcial. Su especialidad consistía en excavar profundos y peligrosos túneles en lugares donde se rumoraba habían minas de oro. Con el pasar de los años, sin embargo, las grandes compañías mineras lo habían desplazado, y en lugar de túneles horizontales, él se vio obligado a excavar fosas para tumbas en los cementerios y hoyos para letrinas. Los huecos más profundos, los más difíciles y en los terrenos más inhóspitos para él era un asunto de juego.

Estaría de sobras decir que él era un tipo extraño, tanto así, que muchos han llegado a pensar, que entre sus tantas ocultas facetas el hasta pudo ser poeta. Siempre fue una incógnita tratar de descifrar alguna información que arrojara luz a la génesis de su existencia. Aquellos que lo conocieron coincidieron en que Miguel debió ser el sobreviviente solitario de un mundo raro fulminado por los siglos.

Nunca nadie lo supo, ni se atrevió a preguntarle su nombre. Pero la gente, para mofarse de él, a su espalda lo llamaban Miguel La zorra. ¿Qué por qué ese nombre? Quién sabe. Esta historia me la contó mi abuelo, y a él se la había contado su padre, aunque creo en la honestidad de las historias que contaban mis mayores, sería prudente pensar que las certezas en sus anécdotas son tan comunes, como sería encontrar miguitas de pan, en un patio en donde se rumoraba, una vez, hace ya tiempo, hubo una gran fiesta. Así, que confórmense con saber, que la veracidad de esto que ahora les cuento, puede que se haya perdido en la oscuridad del tiempo.

Antes de que me interrumpieran, les estaba contando que Miguel la Ceda trabajaba desde el aurora hasta el anochecer con la obstinación de una bestia de cargas. Él era un espíritu afanoso, y por tal, respetado. De lunes a viernes, las horas de sol él las consagraba a su trabajo. Los fines de semanas, sin embargo, era otra historia muy distinta. Miguel sufría, o mejor dicho, gozaba un cambio radical, y se olvidaba por completo de su vida de hombre maltratado por la vida. Durante esos dos días se daba a la bebida por completo, y no encontraba el camino hacia su rancho, mientras le quedara un centavo en el bolsillo. Ser borrachón, sin embargo, fue apenas el principio de lo que sería un espantoso final.

Un solo trago de aguardiente le bastaba para que se emborrachara. Entonces, sin que lo provocaran, y por razones que siempre fueron otros de sus misterios, arremetía en alta voz a decir unas palabrotas, que de ser bombas, hubiesen exterminado a la humanidad. Con esos ojos color de zorra que tenía, daba unas miradas que tenían el efecto de marchitar la alegría en el corazón de los niños, y apagaba las ganas de reír en los adultos. Y cuando su extenso arsenal de malas palabras se le agotaba, entonces entraba en su peor fase: la de blasfemar contra las Santas Escrituras. En este punto de su borrachera, era cuando más ofendía a la gente. Figúrense, una nación de cristianos, soporta cualquier cosa: a políticos corruptos, enfermedades, miseria, catástrofes provocadas, hasta a los locutores mediocres los soporta, pero jamás permitiría calumnias contra la santa Biblia. Aunque hay quienes dicen que los borrachos son como las cotorras, que dicen lo que saben, pero no saben lo que dicen, no había dudas, de que aun en las borracheras más profundas, Miguel La Ceda era consciente de sus actos, y eso era precisamente lo que más molestaba.

La tarde del domingo que desapareció por primera vez, nadie lo echó de menos, pero el lunes cuando no llegó para continuar una excavación, que había dejado incompleta, todos sabían que algo serio le había ocurrido. Él no era uno de esos tipos chapuceros e incumplidos, que empiezan un proyecto, y lo dejan inconcluso porque le pagaron por adelantado. Presintiendo un gran suceso, los adultos lo buscaron por todas partes, y no lo encontraron.

EL martes, Cuca la bailadora regresaba de una fiesta de cinco días y entre disparates, y frases célebres había contado haber visto una enorme ave de rapiña volando en círculos sobre la cañada. «¡Pero claro!», le habían dicho los adultos para que se fuera a heder a otra parte el tufo del alcohol. Cuca estaba más borracha que una uva. Cuando todos la habían despachado para que se fuera a dormir, Cuca trató entonces con los niños. Ellos también estaban acostumbrados a escuchar alucinaciones del *delirium trimens*, y le juraron que irían a ver lo que ocurría en la cañada, en cuanto terminaran de jugar, o sea nunca. Pero a pesar de haberle seguido la corriente, pues que otra cosa se puede hacer con una persona que está ebria, ella continuó insistiendo para que la acompañaran. Así, que con tal de que los dejaran jugar en paz, los niños se dejaron llevar por ella, para que les enseñara esa ave de características prehistórica que ella describía.

Para sorpresa de todos, encontraron a Miguel La Ceda a la sombra de un árbol más muerto que vivo. Estaba tirado en el suelo, semi-inconsciente, y no les salían las palabras. Tenía las ropas desgarradas y el rostro cruzado de arañazos. Por la expresión de su rostro, comprendieron que Miguel no los reconocía. Su mirada era como la de los ciegos, con ojos que miran para adentro. Balbuceaba frases incomprensibles.

Más asustados que gozosos por aquel hallazgo, se lo llevaron casi arrastra. Mejor dicho, él caminó, los niños eran unos chiquillos enclenques, incapaces de levantar del suelo a un hombre de tamaño natural, y Miguel era más grande que todos los hombres grandes de la aldea. Cuca (la única persona adulta del grupo) no podía ni con su propio cuerpo.

Cuando por fin llegaron a las primeras casas, agotado de cansancio, Miguel se sentó en el camino y les contó, aun sobresaltado, que un enorme pájaro, negro y peludo, como un pterodáctilo se lo había llevado hasta las ramas más altas del árbol donde lo habían encontrado. Contó que ese animal lo había mantenido prisionero durante tres días. –¡Quería comerme vivo!, decía él, con esos ojos de animal feroz, medio desorbitados del susto.

«En una ocasión, desesperado, intenté lanzarme del árbol, aunque no cayera vivo, pero aquel extraño animal parecía adivinarme el pensamiento, y de un gran empujón, me lanzó por los aires. Cuando creí que con el impacto moriría reventado contra el suelo, me atrapó. Así pasé los días, vigilado por esa cosa. Por las noches, se posaba en una rama cerca de mí y me indagaba la mente con unos ojos colorados de animal feroz. El viento a veces soplaba en dirección suya, y me era imposible respirar por el gran olor a azufre. Al amanecer del tercer día, pensé una vez más arrojarme al vacío, pero no bien lo había pensado, me atrapó con una de sus garras, y con el pico me deshizo las ropas. Sin darme por vencido, aunque sin saber que hacer, exclamé ¡Ave María Purísima, ayúdame!

En ese preciso momento el animal lanzó un grito aterrador, como de bestia herida de muerte, y comprendí que rezar era mi única salvación. Comencé rezando: Padre nuestro que estas en el cielo, santificado sea tu nombre, hágase tu voluntad así en la Tierra como en el cielo… El animal produjo unos chillidos que parecían los de un cerdo que está siendo sacrificado. Se alejó volando a toda prisa y sin dejar de producir esos gritos endiablados, pronto se perdió en la lejanía».

Mientras Miguel contaba su desventura, los niños lo escuchaban con un falso interés, y se decían en secreto: «¡Ha que borracho del diantre, tan disparatozo!, el alcohol le ha quemado los sesos».

Semanas fueron necesarias, para que Miguel La Ceda pudiera recuperarse de sus heridas físicas. Para su mala fortuna, sus cortaduras mentales se habían curado vertiginosamente. Un mes, apenas, había pasado, y Miguel estaba convencido de que todo había sido una fantasía, producto de una borrachera. Y como siempre, los fines de semanas volvieran a ser celebraciones escandalosas, parrandas deshonestas, borracheras vergonzosas. Las maldiciones y las blasfemias contra los textos sagrados, y contra el mundo, golpeaban en los oídos de las buenas gentes, con impactos de pedradas. Las señoras de la aldea, que acostumbraban a rezar el rosario tres veces al día, se persignaban ante tanta insolencia. A las niñas de casas decentes, había que cubrirle los oídos, para que no oyeran esas pestes. «¡Que hombre más bandido!», –se quejaba la gente. Sus obscenidades eran simplemente insoportables.

Nadie pudo decir que el mismo Cielo no le ofreciera una oportunidad para que recapacitara y se arrepintiera, y él no la aprovechó. El último día de su vida en la Tierra era sábado, y había juego de pelota. La gente andaba en los caminos celebrando ese día festivo. Esa tarde Miguel Blasfemó contra el nuevo y viejo testamento, contra las profecías, y contra los santos de los últimos días. Hasta se jactó de decir que no le tenía miedo a nada ni a nadie. Aun los niños, que eran los más tolerantes, se perdían por los caminos de la imaginación pensando que les hubiese gustado tener papás jóvenes, y más fuerte para que a golpes, hubieran controlado a Miguel La Ceda. La realidad era, que nadie se atrevía a enfrentarse a él.

Ese sábado, ese gran bandido, aprovechó que medio mundo (en realidad, toda la aldea) estuviera de fiesta, y llegó al colmo de sus insolencias, al desnudarse en el camino ante una multitud de gente que pretendía no verlo, ni oírlo. ¡Que osadía! Como si hubiese sido poco, se puso a cantar, y a bailar dando saltitos, como quien baila una mangulina. Sus genitales volaban por todas partes. Ahora, además de los oídos, había que cubrirles los ojos a los niños.

Nadie hizo nada, pues eran de la creencia de que cuando se es atacado tan vilmente, no hay que preocuparse, porque el mismo Dios defiende a uno. Y miren lo que es la fe: un viento súbito, como de aguacero, sopló sobre la aldea. Al ver una nube negra que ocultaba el sol, y oscurecía la tarde, muchos corrieron porque pensaban que se aproximaba un ventarrón. Otros que no se dejaban impresionar por nubes de paso, se quedaron impasibles bajo la ventolera. Fue cuando mirando el remolino oscuro en el cielo, descubrieron que la imagen borrosa que caía sobre todos iba cada vez definiéndose en detalles aterradores. Pálidos del susto, todos vieron las alas extendidas, el pico afilado, las garras encorvadas, y una mirada de fuego, que se cernía sobre Miguel La Ceda. Todos corrieron horrorizados, porque sabían estaban presenciando lo que sería el principio del final del Mundo.

Miguel La Ceda comprobó con sorpresa, que por primera vez, desde que podía recordar, la gente corría por algo más espantoso que él. Volvió la vista atrás para ver porque tanta algarabía, y al ver el tremendo animal que se arrojaba sobre él, comprendió que su última ficha en el juego de la vida estaba ya jugada. «¡ave María Purísima, Madre de Dios!», dijo- Miguel, ya bajo las sombras de las alas, sin recordar que esa misma exclamación le había salvado la vida. En esta última ocasión, sin embargo, ya era tarde para un milagro, y no había oración que lo arrancara de las garras de aquel animal espantoso. Se cubrió el rostro para evitar nuevos rasguños, y fue precisamente por las dos muñecas que las terribles garras lo atraparon. «¡Virgen de los pobres!», se le oyó exclamar, rogando misericordia, pero su voz ya no era la de un león desafiante, ahora más bien parecía la de un niño asustado llamando a su mamá. «¡Piedad!» Volvió a decir, horrorizado al ser sacudido por el viento de los ciclones que nacían de los tremendos aletazos. El gran animal batió fuerte sus alas, agitó con ímpetu el viento y colgando de sus garras, se llevó a Miguel, lejos.

EL CLADOCELACHE

‖‖‖

El ocho de febrero del 1946 en la zona del Caribe se registró uno de los sismos más violentos jamás medido en la escala de Richter. Esto causó grietas internas en la placa tectónica a doscientos cincuenta kilómetros de profundidad. En febrero del 1965 un estudiante de sismología pensó haber registrado por error, un pequeño sismo en esa misma zona. Nadie más se percató de ese pequeño temblor. Sin embargo, en el interior del planeta, las grietas de veinte años terminaron por desprenderse, y esas precipitaciones desequilibraron la armonía platectónica. A raíz de esos derrumbes, ríos, y lagos subterráneos se salieron de sus cauces y sus aguas llegaron a juntarse con las corrientes de los ríos y los lagos de la superficie del planeta. La atmósfera se descompuso causando torrenciales aguaceros y ciclones desaforados. Especímenes de creaturas extintas de hace más de doscientos cincuenta millones de años volvieron a ser vistas.

Las cosechas fueron dadas por perdidas después de la primera semana de lluvia constante. Luego de cuarenta días, y cuarenta noches de un temporal que no daba pausa, ya hasta los más optimistas, acostumbrados a enfrentar los malos tiempos con buena cara, habían dejado de reír y se había resignados al irremediable fracaso. Al final del segundo mes, como si no hubiera hecho falta más perjuicio, cayó una granizada que duró toda una noche, y que mató casi el total de las gallinas que dormían en los palos. Las bestias de trabajo vagaban por las cercas, gordas y robustas, ante la gran inactividad de la gente.

La estación de los aguaceros se había impuesto con furia en el campo. En los conucos, la maleza había crecido escandalosamente bajo el amparo de la persistente lluvia, y nadie recordaba haber visto una temporada igual. Tratando de encontrar excusas a ese gran temporal, unos se empeñaban en ver en ese aluvión una venganza divina por el inesperado ajusticiamiento al presidente, quien había caído muerto a balazos el treinta de mayo. Decían que Dios estaba disgustado con la gente, pues la Santísima Trinidad se había encargado de mantener al benefactor en el poder durante noventa y dos años. Otros menos creyentes opinaban que a Dios no le interesaba la política ni la violencia: prueba de ello era el hecho, de que en lugar de militares armados, solo tenía a ángeles con trompetas, custodiando la puerta del cielo.

Ante tal desorden, unos por temor y otros por desilusión, se cruzaban de brazos, sin saber qué hacer. Augustín Pieldelobo era un fiel creyente del tema que exponía el merengue *El Negrito Del Batey,* y quizás por eso, luego de arruinada las cosechas, era el más optimista de la aldea La Divina Providencia.

La mañana de un lunes, cuando por fin salió el sol, al ver un frondoso arcoíris, que nacía en las montañas de la aldea, y se extendía hasta el horizonte, Augustin Pieldelobo pensó que el temporal era ya algo del pasado. Al ver el sol radiante en el cielo, pensó que era un día espléndido para la pesca.

Sin nada pendiente que le interrumpiera ese plan de irse a pescar, estaba que se reía solo. Le era difícil reprimir la sonrisa pícara, que le hacía cosquilla por dentro, al imaginarse las placenteras horas que pasaría en el río, sin más compañía que la de su propia soledad. Augustín Pieldelobo era un pescador innato, como lo había sido su padre, y su abuelo, y opinaba que el pescar, no solo es la actividad más saludable, es la más placentera que se puede hacer, con los pantalones puestos.

En tiempo de sequía, para encontrar lombrices, Augustín tenía que remover la tierra del patio trasero de la casa, lo que desataba la cólera de su esposa, pues los niños jugaban a hacer carreteras en la tierra revuelta, y se llevaban el barro para dentro de la casa. Sin embargo luego de la inundación, las lombrices salían a la superficie, para no morir ahogadas, y sin mucho tropiezo, Augustín las podía coger del suelo, sin hace excavaciones que enojaran a us esposa.

Cuando calculó que tenía suficientes carnadas para un día completo, las depositó en una lata de sardinas, que encontró en el canasto de la basura. Mirando el revoltijo viscoso, le llegó a la memoria la historia de la lombriz que murió quemada en una hoya de espaguetis, porque se lanzó en ella, muerta de contenta pensando que era una orgía.

Para entonces, la aldea era un paraje tan pacífico, que Dios y el Diablo convivían en la comunidad. Y aunque nadie sabía en donde tenían sus ranchos, cuando llegaban por los caminos del lugar, nadie los consideraba forasteros. Dios casi siempre andaba disfrazado de anciano mendigo, que visitaba los hogares de los más ricos, para comprobar si era verdad que un camello podía pasar por el ojo de una aguja. Del Diablo se decía, que era algo dado al aguardiente, y a los juegos de dados. Era normal verlo llegar a cualquier fiesta de acordeón, se bajaba del caballo, y aún sin quitarse las espuelas, se emocionaba bailando al ritmo de una mangulina. El balance que causaba las personalidades de esas dos deidades en la aldea, hacía del lugar un sitio tan ameno, que la gente solo lloraba de alegría, y se enojaba porque no sabían qué hacer con tanta felicidad. Sin embargo, por los días del aguacero, el desastre fue tal, que muchos se dieron a pensar que Dios y el diablo parecía se habían ido de parranda, y se habían olvidado de las perfidias de los mortales.

Augustín Pieldelobo buscó la caña de pescar, que colgaba de una vara del alero del rancho. Tomó el sombrero de trabajar al sol. Tomó media torta de casabe, un tarro de mantequilla de maní, descolgó de un horcón una cantimplora, que databa del 1916, y que decía USA. La llenó de agua. Depositó toda la alforja en un macuto, salió campante al patio. Con el ánimo de un hombre más joven, se deslizó por entre la puerta de trancas. Estaba contento. Se sentía bien chévere, pero su felicidad pronto se le desplomó al recordar a Patricia, su mujer. No le había consultado su planeado día de pesca. Fue entonces cuando la vio en el patio mirándolo con unos ojos, que de haber sido dos puñales, lo hubieran matado en el acto. Se escudó el lado del corazón, con el sombrero, como si hubiese estado frente a un gladiador sangriento, le hizo un saludo de espadachín, y le respondió en un tono galante: «abur vida mía.»

A ella como siempre, le hubiera gustado ordenarle: «antes de irte, asegúrate de que haya leña en la cocina, que haya suficiente agua para que no escasee de repente; mira que la lluvia no haya maltratado el caballete, asegúrate que los puercos tengan suficiente comida para que no se pongan flacos. Recuerda que antes debes traer viandas para el desayuno, para la cena, y para la semana completa, por si continúa lloviendo. Recuerda, también, templar los cordeles, para poner a secar la ropa húmeda; no te olvides, antes de irte, de ir al negocio de don Ramón, el zapatero, y traerme los zapatos, con que voy a ir a misa el domingo que viene. Recuerda también, que debes, regresar cuanto antes, porque te podría necesitar para cualquier urgencia». Pero ella sabía de antemano, que después de ese gran aluvión, se necesitaría por lo menos medio siglo para que todo volviera a la normalidad. Así, que resignada a aceptar que no tenía una excusa válida para mantenerlo atado a la casa, al verlo alejarse, feliz y contento, como un niño cuando sale de la escuela, desarmada y vencida, rumió entre dientes: «haragán del diablo, que no encuentra como perder el tiempo».

El camino que llevaba al río se extendía cuesta abajo, y estaba tan resbaloso, que era como caminar por encima de una barra de jabón mojada.

Agarrado a los alambres, Augustín Pieldelobo tenía que hacer piruetas de maromeros para no caerse de un resbalón.

Su experiencia de pescador de agua dulce, le había enseñado que, después de tanta lluvia, los peces tendrían que estar hambrientos. Sin embargo, no se imaginaba encontrar un lugar en donde poder lanzar el anzuelo. Eugenio había dedicado incontables horas a la pesca. Su padre, y todos sus seis hermanos, habían pescado ejemplares gigantescos, y sin embargo, la suerte nunca había estado a favor de Eugenio. Ese abril, él había cumplido cuarenta y dos años, y pensaba que le hubiera gustado saltar del anonimato y darse a conocer. En varias ocasiones, su esposa, quien desconocía su hondo deseo de llegar más alto, lo había sorprendido hablando con Dios, y había pensado que él estaba perdiendo el juicio. Ahora, camino del río, en plena soledad, sin temor a ser sorprendido, hubiese sido un tiempo perfecto para hablar con el creador, pero estaba ya cansado de ser ignorado, tantas divinas veces, y no insistió

Bastaba un vistazo para ver la proporción del desastre que había causado la crecida. La playa de arena azul, que había sido el orgullo de los aldeanos, había sido barrida por la investida del agua, y en su lugar, había quedado al descubierto un suelo de peñas con piedras afiladas. Las enloquecidas aguas se habían salido del cauce, y en las zonas llanas, se deslizaron por cercados, ahogando ganados, derribando palmeras y árboles centenarios. La extensión de tierra, próxima al río era una planicie de lodo, piedras y ramas chamuscadas. Las orillas, aunque habían decrecido considerablemente eran dos estelas espumosas en las que flotaban hojas y frutos de vegetaciones desconocidas.

Augustín Pieldelobo se subió hasta las peñas más altas que estaban próximas a la corriente, y lanzó el anzuelo, convencido de que esa mañana lograría una pesca extraordinaria. Durante las primeras horas estuvo al acecho, esperando el tun tun tun de un gran pez enganchado, luchando por escaparse. A las diez continuaba a la expectativa, sin ningún resultado. Al medio día, su suerte no había cambiado, y Eugenio comenzaba a pensar que la señal, que esa mañana había visto en el cielo no había sido más que un reflejo de su propio deseo, por ver el mundo escampado.

Como el sol ardía, con la intensidad de meces de descanso, adormecido por el canto del río, Augustín Pieldelobo acariciaba el placer de una siesta. Mirando de costado, con la vista periférica, podía ver las olas del pozo más cercano jugando con la orilla. El resbalón repentino del que se está quedando dormido, no se hizo esperar. Pero se despertó de repente. Había visto pequeñas olas en el poso más próximo, mas el viento no soplaba. Una vez más volvió a ver el agua columpiándose, y se quedó un rato anonadado por un presentimiento. No tenía la menor duda que una fuerza interior violentaba el agua; eso, sin la menor duda, indicaba que un pez se había quedado atrapado cuando descendió la corriente.

A juzgar por su fuerza, debía de ser una presa gigante. «Talvez era tan grande como el pez dela de la historia de EL Viejo y el Mar», –pensaba Augustín Pieldelobo, temblando de emoción. Llegó corriendo hasta el pozo, dispuesto a enfrentarse en un cuerpo a cuerpo para sacarlo del agua, pero lo detuvo la fuerza de un recuerdo. Había escuchado historias de pescadores con los genitales mutilados por caimanes en otros ríos del interior, y comprendió que podía estar ante una fiera sanguinaria.

Los niños que llegaron a ver la crecida, regresaron agitados al poblado de la aldea, e informaron que Augustín Pieldelobo había atrapado el pez más grande del mundo. Las opiniones sobre la especie, y su tamaño, crecían con el paso de las horas. Unos decían que era un róbalo gigante, otros que era un corvino roncador, y algunos otros decían que era una trucha gigantesca, que confundida con la tormenta había llegado desde el mar.

La gente estaba acostumbrada a ver peces grandes, así que Eugenio no entendía por qué tanta algarabía. –Pero por Dios –se decía él–, algo mucho más difícil hubiese sido encontrar un político honesto o un banquero honrado». Nadie jamás lo sabría, ni siquiera Eugenio sospechó que había descubierto un Cladocelache, un pez que se creía extinto hacía más de 250 millones de años; ¿imagínense lo que hubiera pasado de haberlo sabido?

Era apenas el medio día, y no había un alma en la aldea que no hubiera estado al tanto de ese gran hallazgo. La curiosidad por descifrar la especie, crecía a medida que pasaban las horas. José Buli, un hombre muy rico que vivía en una comarca vecina, y de quien se decía que había logrado su fortuna mediante un pacto con el Diablo, dejó saber que, de atraparlo vivo pagaría por el pez la suma de cinco pesos oro. La noticia fue tal, que el mal humor de Patricia Mora había mejorado considerablemente, incluso visitó a don Buli, y a otros adinerados, buscando al mejor comprador de la fortuna que había descubierto su esposo, sin embargo no llegaron a ponerse de acuerdo.

En horas de la tarde, pescadores amigos llevaron redes para atraparlo sin herirlo. Pero aunque usaron astucia de pescadores viejos, todos los intentos resultaron ser inútiles. Las redes mejor tejidas y las mejores atarrayas, ante una de sus embestidas, salían convertidas en lamentables piltrafas. Su vigor era tal, que aún los chinchorros modernos tejidos con cabuya serrana, tenían la eficacia de frágiles telarañas, tratando de doblegar a un elefante.

Con los primeros truenos de la tarde, llegaron nuevos curiosos con nuevas y apresuradas ideas para atraparlo vivo: aunque había diferencia de opiniones de cómo hacerlo, estuvieron de acuerdo en abrir un canal para secar el pozo, y atraparlo cuando estuviera ya indefenso.

Los truenos lejanos, que continuaban anunciando más lluvia, eran como los sonidos del cuerno, cuya resonancia anuncia un peligro inevitable. Sabían que actuar con rapidez, y eficacia, no era solo imprescindible, era una imponente necesidad, pues las lluvias regresaría en cualquier momento. Un manto de nubes oscureció la tarde, y el mundo se cerró en un aguacero, con granizos y centellas. La obstinada multitud estaba resuelta a no irse sin llevarse su trofeo, y no se daba por vencida. Todo parecía indicar, que nada podía ser capaz de desalentar a tantos hombres obsesionados.

Los flancos de las aletas dorsales salieron a la superficie, tan pronto como descendió el nivel del agua: contrario a la gran fiera que esperaban ver, a pesar de su formidable tamaño, su fisionomía era de un animal dócil; la multitud estaba pasmada de admiración. Cuando por fin secaron el pozo, y el gran pez quedó expuesto como una vaca dormida en medio del camino, notaron que dicha creatura tenía pestañas de pájaro bobo, y que su respiración era agitada, como la de un niño asustado. Estaban absortos, observando ese raro ejemplar. La indefensa creatura, que ahora luchaba por un sorbo de oxígeno, causó que la jubilosa celebración se convirtiera en un repentino azoramiento, al comprobar que estaban ante una creatura, que bien parecía un inmenso niño huérfano.

Si el tiempo los hubiese apremiado, alargándose por un instante más, quizás se hubieran llevado al pez, no para exhibirlo como un objeto curioso, sino para adoptarlo como la mascota de la aldea, y quién sabe si los más ricos, llenos de júbilo, hubieran invitado a todos los vecinos, y hubieran hecho una gran fiesta, en la que hubieran degollado becerros y chivos cebados, cual si estuvieran celebrando el regreso de un hijo pródigo. Pero tuvieron apenas segundos para subir a las peñas, y salvar sus vidas, ante la avalancha de agua y lodo de una nueva crecida.

La lluvia continuó cobrando intensidad, a medida que se alejaba la tarde, y los granizos continuaron cayendo como pedradas desde el cielo. El hielo, al caer, sonaba como un cascabel en las peñas. El frío mordía con dientes antárticos los cuerpos mojados de los curiosos. El dios del norte, con su sombrero de copa, con barba de mistófeles, sus fríos misiles, y sus bombas de hidrógeno, había llegado en su frío acorazado. La tarde, como herida de muerte por ese régimen forastero, languidecía entre las nubes ensangrentadas de un horizonte distante. Era el 29 de abril del año 1965.

LA VIRGEN Y LOS GENOCIDAS

||||||||||||||||||||||||||||||||||||||||||||||||||||||||||||||||||||||||||||||||||||||||||||||||||||||||||||||||||||||||||||||||

Sus arduas vestimentas pesaban como yunques. Protegidos de los pies a la cabeza, con esas indumentarias de guerra, los forasteros parecían absurdos gladiadores de burlas en una tragicomedia. Si no hubieran sido tan dañinos, hubiera dado risa verlos asfixiándose, y sudando como bestias de trabajo, y azotados por el implacable calor del Caribe. Sin embargo, aquellos extraños exploradores, no eran dignos de misericordia, ni de risa. Solo las deidades, que son en llaves de Dios podían perdonarlos, y socorrerlos.

Cuando llegaron al cerro más alto, aunque era todavía temprano en la mañana, se sintieron a salvo. Es bien sabido, que los cobardes asustados, en un campo de guerra suelen parecer valientes. Y solo así, podía explicarse esa nerviosa euforia que los embargaba. Esa mañana habían incendiado todas las viviendas de un pueblo indígena, y pasado por las armas a más de mil.

Forasteros en estas lejanas tierras, todo les era desconocido. Una paranoia generalizada los hacía ver de este nuevo mundo un engañoso artificio. Aun la cálida vegetación de árboles frutales les parecían engañosas trampas de la naturaleza. Los habitantes de estas tierras eran para ellos gentes peligrosas que debían ser eliminados.

A su paso, habían dejado una estela de destrucción hasta entonces incompresible. Esparcidos por todas partes, habían quedado los cuerpos de los que perecieron ante ese arrebato de ira. Las auras atraídas por el olor a sangre, volaban en círculos sin decidirse, pero cuando lo hicieron, les costó trabajo a los sobrevivientes arrebatarles los cuerpos de los seres queridos.

En un fango de ceniza y sangre, habían quedado gravadas las pisadas de los caballos y esas huellas de animales hasta entonces desconocidos agregaban un enigma más a los misterios de esa mañana trágica. Los sobrevivientes se imaginaron que podían pertenecer a seres alados, que se alimentaban de carne, y sangre humana. Sin importarles, siguieron sus rastros dispuestos a ofrendar sus vidas en honor a los caídos.

Esa lucha contra las aves carroñeras les dio fuerza para recuperarse ante tanto dolor y poder vengar a los suyos. Ahora les seguían el paso a los agresores, y esperaban del cielo una señal para atacar. Pero el cielo nunca ha conspirado en favor de los desposeídos, de los que no tienen nombres y tres apellidos, porque los que nada tienen, nada balen, y eso, hasta Dios lo sabe.

La neblina era una obstinación persistente que hacía creer, que el cielo y la tierra eran una misma cosa. Camuflándose con las piedras, con las aguas y los árboles, los sobrevivientes subieron al cerro sin ser vistos. Pudieron ver sus rostros barbados, sus pieles pálidas protegidas por extrañas corazas, y hasta hablando una lengua distinta, y pensaron que estaban presenciando a espíritus del mal.

El primero de los expedicionarios calló fulminado de un flechazo, y pasó algún rato desapercibido, pues la alegría de haber llegado tan alto, y sin bajas, los había hecho incautos. Los dardos, y las cerbatanas impactaban con intenciones letales y las victimas continuaron cayendo como, moscas.

Cuando los conquistadores se percataron del ataque, las bajas eran ya cuantiosas. De los más de doscientos expedicionarios, solo un puñado quedaba con vida, y sobrevivir a aquel ataque, parecía más que imposible. Pero ellos evocaron a sus deidades; dioses guerreros que habían encabezados ejércitos y desangrado a naciones enteras.

Al medio día ocurrió el milagro. Un repentino resplandor se abrió en las alturas. Una imagen de mujer erizada de filamentos de luz apareció de la nada. Un fulgor segador emanó de aquella extraña visión, y despejó la neblina. Indignados, ante ese escollo segador los aborígenes atacaron con más ímpetu, pero sin ver a sus adversarios. Sus flechas se perdían en el vacío. Otros comprobaban aterrados, que las lanzas disparadas a sus enemigos, se volvían contra ellos, y les daba muerte. La virgen infundió fuerza a los genocidas, quienes, ensalzados, dieron muerte a todos los aborígenes. Era el cuatro de enero del 1493, en el cerro del valle de La Vega real, isla de Quisqueya, y desde entonces a ese lugar se le llama El santo cerro.

MÁS ALLÁ DE LA RAZÓN

‖‖‖

Su nombre era Román Arena. Y me contó haber decidido tomar las riendas de su vida, guiado por los instintos de su corazón. Quizás por eso fue el único sobreviviente de quince niños desamparados, que tuvieron la mala fortuna de comenzar sus días en un orfanato para niños abandonados.

No se consideraba supersticioso, me contó, aunque si muy creyente. El era ateo. ¿No eso una contradicción? –le pregunté– talvez– dijo él, y continuó contándome. «Creo en la fuerza de la fe. Creo que los pasos trazados del destino pueden ser alterados por el poder de la voluntad. Creo que nada está escrito en el libro de la vida. Creo que cada día es un capítulo que escribimos con nuestras acciones. Nosotros mismo decidimos dejarnos guiar por la energía de los astros, o marchamos por senderos diferentes, porque al fin y al cabo, uno solo hace camino al andar». ¿Cómo en el poema? Si, con el poema contestó él, algo dramático.

«Yo creo en muchas cosas que no he visto. He sido testigo de fenómenos, prefiero llamarles así, fenómenos, pues no sabría otra manera de llamarlos. He vivido situaciones extrañas imposibles de ser explicadas usando la razón de nuestros, primitivos, cinco sentidos. Para comprenderlo sería necesario un sexto sentido, o alcanzar un estado especial que no poseo. No tengo ninguna habilidad extraordinaria, más que las que tiene un ser humano común. Yo creo en muchas cosas, y sé que el Mundo está poblado de circunstancias incomprensibles para todo el que quiera explicarlos usando la ley de la lógica. Pienso que las fuerzas del mal y las del bien solo existen porque se necesitan mutuamente, de la misma forma que la luz no existiría, si no hubiera oscuridad. Usando esa creencia como mi filosofía de vida, ando por el mundo haciendo lo que me plazca, y procurando causar el menor daño posible, porque también creo que todo lo que va, viene. Trato con una voluntad, casi demente de disfrutar cada segundo de mi vida, e intento ignorar todo ese mundo raro que existe más allá de nuestros ojos, porque sé, que en cualquier momento esa pequeña llama que alumbra mi vida, puede ser extinguida por seres que nos persiguen.

Hoy, apenas semanas después, en pleno día, me estremezco al recordar la noche que murió Bernardo López, el último de mis compañeros del orfanato. Era sábado por la tarde cuando advertí un mal presentimiento. Hasta ese momento, había sido un día como cualquier otro, cuando de repente observé que el cielo se cuajaba con nubes bajas y espesas; fue cuando de inmediato sospeché que algún extraño fenómeno iba a ocurrir. El sol se nubló, el cielo se hizo triste, y la tarde se malogró por completo. Aunque mantuve la calma, no tomé las precauciones pertinentes y apenas si puedo contar la experiencia que viví esa misma noche.

Las fuerzas del corazón son tan potentes, que desde chico me ha sorprendido la obstinación a la que se aferra la gente, empeñados en no creer lo que no ha visto. Creo que las grandes calamidades que afligen a la especie humana son causadas precisamente por eso, por esa siega obsesión de no confiar en los que les dicta el corazón.

Esa tarde, como casi siempre, mi amigo João Altagracia, aprovechaba mis lagunas geográficas para echar a relucir sus conocimientos académicos. Al ver en mi rostro la seriedad con que entendí esa inequívoca señal del cielo, él pensó que me había impresionado, con sus datos errantes, y se inspiró aún más. João Altagracia es hijo de ingenieros inmigrantes del Brasil, de los muchos que han venido a construir represas hidroeléctricas y se quedan a vivir aquí, conmovidos por el afecto de la gente y el color de nuestras playas. Su madre era casi una adolescente cuando vino por primera vez, y se quedó enamorada del país, su padre llegó después a un proyecto similar, y se quedó enamorado de ella.

João Altagracia se empeña en dejarme saber que todas las maravillas del mundo están, o son del Brasil: el mejor jugador de fútbol, la selva más grande del Mundo, las mujeres más ardientes, el carnaval más espléndido, el río más caudaloso… en fin, para mi amigo João Altagracia, los Brasileños guardan el secreto de las pautas que rigen el reino de este Mundo.

A pesar de sus eternos disparates, él es un buen tipo. Juntos fuimos a la escuela y durante esos años extraños de la adolescencia, cometimos fechorías y compartimos nuestras frustraciones. João Altagracia es uno de esos seres extraños con los que la amistad se va haciendo cada vez más firme, con el pasar de los años. Porque la verdad es que los compañeros de la escuela, a quienes consideramos nuestros amigos, realmente no lo son. Apenas crecen, cada quien toma su rumbo, y nunca más volvemos a verlos. Ellos son seres casuales, que cruzan por nuestras vidas, como barcos, que en la inmensidad del océano, se ven pasar (una forma de decir, porque los barcos no ven).

A los diez años de edad, cuando llegó a la aldea, João Altagracia contaba con unas series de conocimientos históricos y geográficos que sobrepasaban al de los maestros ancianos de la región. Ya en el octavo grado había hecho suyos conceptos sociales que predicaba su carnal Paulo Freire sobre *La Pedagogía de los oprimidos* y valiéndose de ese argumento, en una ocasión, alteró las notas en la escuela. Opinaba que las puntuaciones que los maestros otorgaban a los estudiantes negros eran injustas, porque no tomaban en consideración el gran nivel de pobreza de aquella desafortunada población; a todos se las cambió de mediocre a sobresaliente.

Cuando descubrieron, el sabotaje, João Altagracia fue expulsado del recinto escolar por el resto del año. Él era ya mi amigo, y a partir de entonces se convirtió en mi héroe. Aunque yo era totalmente inocente, e ignoraba quien era Pablo Freire, y su pedagogía sobre la forma más efectiva de educar a los más desposeídos, me sumé a su causa y confesé que yo había ayudado a mi amigo Brasileño; terminé también expulsado de la escuela. Mi padre adoptivo, a quién le importaba un grano de ají la educación de los más pobres, me juró que me daría una golpiza de la que me recordaría toda la vida, pero gracias a mi madre, quien era una ferviente admiradora de Freire y de Chico Buarque, esa magna paliza se disolvió en la nada.

—Debo marcharme —le dije a João Altagracia, sin dejar de mirar esas extrañas nubes la tarde de ese sábado.

—No me gusta como el cielo se ha transformado —continué diciendo.

—Eso no es nada, esas nubes se van con el viento. Esta noche hay juego de pelota y va a jugar tu héroe Chilote Llenas, —me dijo João Altagracia en su habitual portoñol, que es como yo le llamo a su mezcla de portugués y español.

—No me digas, que te da grima la noche —continuo él, sin el menor esfuerzo por disimular su exagerado acento a la portuguesa.

¡Si, me producen un pánico absurdo!, ¿Qué tiene de malo? —casi le grito, pero preferí el cinismo:

—No, campeón. No es la oscuridad a lo que temo, lo que sucede es, que es muy peligroso respirar el dióxido de carbono que sueltan los árboles por las noches—.

João y yo nos conocemos hace ya mucho tiempo, y nos entendemos usando expresiones y códigos, que al ser escuchados por alguien que desconozca nuestra amistad, creería que estamos chiflados.

—Te prestaré un tanque de oxígeno, así, además de respirar aire puro, lo podrás usar para apachurrar los bichos nocturnos que encuentres - Me dijo él, al parecer sin importarle mi gran preocupación. Aunque me detuvo apenas minutos, en un abrir y cerrar de ojos, la tarde se había transformado en una oscuridad tenebrosa.

No es que a él no le importara mi preocupación, João Altagracia es mi gran amigo y como tal, hacía lo que los buenos amigos hacen mejor: fastidiar la vida. No me entretuvo más, y antes de marcharme, trajo una linterna y me la ofreció.

Casi dos millas de caminos separaban las casas de los padres de João Altagracia y la de los míos. Montes vírgenes poblaban gran parte de la aldea, y la vida trascurría bajo cielos despejados y días hermosos. Montañas nebulosas vestidas con flores silvestres y, colinas de amapolas y flamboyanes creaban exuberantes paisajes que por las noches, sin embargo, se transformaban en una oscuridad asombrosa en la que no había que tener sentido de la imaginación para ver visiones espantosas de almas en penas.

El camino, en efecto, estaba muy oscuro y el foco de luz de la linterna me infundió un valor que creí no tenía. Pero la valentía de los cobardes, vuela con alas ágiles, y dura muy poco. Casi me disponía a reírme de mí mismo, y de mi absurdo temor, cuando la luz de la linterna se apagó repentinamente. Con la vista acostumbrada a la luz, me quedé un instante en medio de una tiniebla espesa en donde no podía ver ni mis propias manos. Sin un punto de orientación para dirigirme, era peligroso caminar. No habían precipicios en el camino, de eso estaba seguro, pero podía tropezar con una alambrada, o caerme entre las mallas y sufrir peligrosas cortaduras, así que me mantuve de pie, inmóvil, en medio de esa gran tiniebla sin saber que hacer. A poca distancia de allí cantaba una lechuza, y eso hacía sentir la noche aún más lúgubre de lo que ya era. Como las nubes bajas permanecían, ocultando la luna, la poca luz que emanaba de las estrellas proporcionaba una visibilidad boba que, cruzaba a través de las ramas, y eran como manchas grises en un fondo oscuro.

El tufo a podredumbre se hizo sentir mucho antes que una visión blanca saliera a mi encuentro. Al sentir mi olfato agredido por esa gran peste, llegué a pensar en la propiedad con que el aire nocturno arrastra olores de putrefacción de animales que mueren y se pudren a la intemperie. Al ver el copo blanco que se acercaba, pensé en una jutía o un conejo silvestre de esos que andan libremente bajo la sombra de la noche. Como continuaba inmóvil a mitad del camino, decidí pisar fuerte, esperando que esa cosa, corriera asustada. Recordando el canto del búho, pensé que se trataba de un conejo silvestre, que atemorizado por el canto de la lechuza buscaba refugio en mí. Sin la menor timidez, la visión blanca continuó acercándose. Cuando estuvo tan cerca que podía alcanzarla con la mano, noté, que era un pequeño perro, y eso me produjo un extraño temor. Los perros siempre han sido mis mascotas favoritas. Todos los caninos de la aldea eran mis amigos. Éste no era de la aldea. Carecía del aire amistoso que caracteriza al resto de su especie. Me generaba un temor, que me hacía retroceder ante él. Se me erizaba la piel y me sentía extrañamente indefenso.

Cuando era un niño, mientras mis padres adoptivos pensaban que yo dormía, en noches de insomnios, sentados ante una lámpara de gas, les había escuchado contarse historias de aparecidos. Recuerdo sus figuras anaranjadas bajo la luz del quinqué, parecían tener algo de fantástico. Sin tener la más remota idea de estar guiándome de la mano por las extrañas catacumbas de lo desconocido, durante el transcurso de varias noches, los escuché narrarse espeluznantes relatos de espíritus que continúan rondando entre los vivos, pendientes de deudas que quedaron inconclusas cuando partieron a la muerte.

Hay dos tipos de apariciones, recuerdo le oí contar a mi madre. Las visiones blancas, son espectros de seres, que a la ahora de sus muertes dejaron promesas pendientes y esos espíritus continúan obsesionados en poder lograrlas. Las apariciones negras, a diferencia de las primeras, son intensiones diabólicas de espíritus siniestros que se resisten a partir de este mundo sin antes alcanzar sus propósitos. Por ninguna razón estas apariciones deben ser perturbadas, pues aunque existen en un estado latente, como volcanes dormidos, al ser evocados o molestados pueden causar daños incalculables. Escuchando a mi madre en mi memoria, comprendí que no estaba ante un ser de este mundo.

¿Qué cómo lo supe?, lo sentí, de la misma forma que punza una sospecha, y pesa una melancolía. El hecho de que fuese un espectro blanco no me brindaba ningún consuelo, de la misma forma que un león, por el hecho de no estar hambriento se ganaría mi confianza. Blanco, o negro eran un fantasma; un habitante del valle de la muerte, que a mí, me ponía los pelos de puntas. Además, pensaba yo, en medio de esa oscuridad podía haber, quien sabe, miles de espectros negros, camuflados en la oscuridad de la noche. Aquella visión blanca bien podía ser una pequeña isla rodeada por todo un continente de fantasmas negros, que se ocultaban en la tiniebla. Una gran urgencia de correr despavorido me dominaba, pero logré controlarme y comencé a caminar para alejarme de allí.

El mal olor permanecía inalterable, cual si esa peste insoportable se hubiera disuelto y mezclado con la oscuridad. Mientras me alejaba de ese lugar, una sospecha que no podía desprenderme me hizo volver la vista atrás, y aterrado comprobé que esa visión extraña venía detrás de mí. Hubiese querido pensar que no era más que un pequeño perro extraviado, una criatura inocente y asustada, pero esa posibilidad estaba descartada por completo. No sentía la sensación de apoyo que ofrece la compañía de un animal amigo, al contrario, algo dentro de mí me hacía sentir solo, y vulnerable. Cuando los árboles altos del camino quedaron a mi espalda, sentí un pequeño alivio.

El camino a continuación era una senda estrecha que se habría entre una vegetación cerrada de no más de tres pies de altura. Cuando pensaba que lo peor había pasado, pude ver, delante de mí, que esa pequeña creatura blanca se me había adelantado, sin que me hubiese dado cuenta. La vi como un relámpago, cuando por un instante atravesó el camino, y se perdió nuevamente entre las espesura de las malezas del borde del camino. Al llegar al preciso lugar donde lo había visto cruzar, cerré los ojos, esperando que en ese instante saltara sobre mí y me tragara vivo, o que con un salto de fiera sanguinaria me brincara al cuello y con una mordida mortal me liquidara en el acto.

Tenía los músculos tensos y sujetaba la linterna en mi mano derecha, cual si hubiese sido una arma letal. Sabía que aun si hubiese sido un simple perro rabioso, de propinarle un golpe certero en la cabeza, solo lograría enfurecerlo aún más, pero ese pequeño tubo plástico era lo único que tenía a mano; no me podía dar el lujo de cambiarlo por una bazuca o por un lanza llamas. Por suerte, ese tan esperado momento no ocurrió y esa cosa, decidió respetar mi vida.

Debió ser la intención con que yo rezaba, no el sentido de mis oraciones, porque el ruido de mi corazón agitado no me permitía escuchar lo que decía; sabe Dios las tonterías que habré dicho, en mi desesperación. Pero la verdad fue que no la volví a ver más. Con las rodillas flojas y el corazón zapateándome en el pecho del susto, llegué a la casa de mis padres. Aun cuando estuve en el patio de mi casa, pesaba sobre mí el presentimiento de que a poca distancia de allí, desde la oscuridad, una bestia depredadora continuaba observándome con una fascinante, y diabólica intención.

A pesar del fresco de la noche, yo sudada copiosamente. Tenía la camisa pegada al cuerpo, y al verme los pantalones empapados, sospeché que todo aquello no podía ser sudor.

Al día siguiente, como si hubiese adivinado lo acontecido, João Altagracia me esperaba sentado en la enramada de mi casa. Su linterna inservible permanecía abandonada por mí en un taburete. Al verla de nuevo recordé esa inolvidable experiencia y él pareció adivinarme el pensamiento.

– ¿Cómo te fue anoche, campeón?– se apresuró a preguntarme. Nos llamamos así, «campeón», porque siempre nos hemos caracterizados con actitudes de campeones. Hemos participados en competencias en juegos de pelotas, de fútbol, carreras de ciclismo, de a pie, y en todas hemos quedado en lugares vergonzosos. Donde mejor nos ha ido es en los juegos de fútbol. Aun así, nunca hemos clasificado ni para un torneo con aficionados. Siempre he pensado que de ser posible fundirnos a los dos para con nuestras habilidades deportivas crear un atleta, el resultado sería un futbolista tal, que en el campo de juego dejaría mordiendo el polvo de la derrota al Totó Esquilache, a Pelé y hasta al mismo Diego Armando Maradona. La realidad, sin embargo es otra; nadie valora nuestro talento. Quizás esa sea una forma de pagar todas las barbaridades que hemos hecho, o talvez los grandes magnates del deporte se han unido para crear una conspiración global contra los dos. Por una razón, o por la otra, el mundo se empeña en opacar nuestro talento. Aun así, mantenemos la moral en alto y un tanto para consolarnos y para burlarnos de nosotros mismos, nos llamamos campeones. La verdad es que esa mañana yo me sentía como un gran perdedor.

Le conté mi experiencia, esa noche pasada, y él me respondió que su padre alguna vez, también lo había visto. Me continuó contando que en un viaje que hizo al Brasil, le había relatado su experiencia a un amigo que aún vive en Manaos, y él le aconsejó evitar encontrarse con esa visión una vez más. La primera vez, le dijo, es una advertencia. La segunda, puede convertirse en esa fiera endemoniada que se sospecha es.

«Algo más», –le dije, mientras alcanzaba la linterna – «esto no sirve».

El apretó el interruptor y mirando el rayo de luz, que aun en pleno sol lucía imponente, agregó:

-así es campeón, esto no sirve para alumbrar a los fantasmas.

Días transcurrieron sin ninguna novedad, y pensé que todo había quedado entre mi amigo y yo, pero Bernardo López supo de esa extraña criatura que aparecía de la nada en las noches oscuras. Se compró una linterna de ocho pilas, que según él, tenía una luz capaz de alumbrarle el lado oscuro de la luna. Planeó visitar la casa de João y llegar a hasta la mía, haciendo el mismo recorrido que yo había hecho. Quería ver si en verdad esa cosa blanca le impediría salir por las noches. Como medida de precaución, esa tarde que visitó la casa de los padres de João Altagracia llevaba un bate de aluminio en una mano, y la linterna en la otra. Habló con los padres de João Altagracia, hasta faltar un cuarto para las nueve, y al notar su aire altanero nadie le ofreció un consejo.

"-Él decía ser un León, que no le tenía miedo a nada" - me contó el padre de João Altagracia el día del funeral.

Cuando se marchó, el camino era una gran sombra tenebrosa, y ya en la oscuridad, el mal olor no se hizo esperar. Mientras caminaba en medio de la noche, alumbraba por todos lados buscando sorprender esa aparición, pero no la veía por ninguna parte. Entonces tuvo una idea que le brindaría un resultado desastroso. Apagó la linterna, y continuó a oscuras, para cuando lo viera, sorprenderlo con el súbito rayo luz de la linterna. Pasaron apenas minutos, para que Bernardo López viera una gran bola blanca, que como un rayo, a escasos metros suyos, cruzó el camino y volvió a perderse en los árboles. Bernardo continuó con los nervios tensos, la linterna, y el bate listo, para darle un golpe mortal. De haber sabido que estaba viviendo los últimos minutos de su vida, Bernardo López lo hubiera usado orando y clamando compasión. El espectro volvió a aparecer pero esta vez se quedó inmóvil, en medio del camino. Un frío intenso se apoderó de Bernardo López al notar que el objeto que frente él estaba, iba tomando la característica de un pequeño perro pequinés.

Quieto, en medio del camino, Bernardo lo vio acercarse a pasos lentos. Cuando estaba a no menos de un metro de distancia, con movimientos imperceptibles fue poco a poco girando el foco apagado de la linterna, hasta estar seguro que lo tenía bajo el alcance de luz. Entonces, apretó el interruptor. Por una fracción de segundo, bajo la lumbre, Bernardo pudo observar una carrera de minúsculos dientes afilados y sucios. En lugar de ojos, le impresionó ver dos hondas fosas oscuras por donde chorreaban cataratas de pus, que caían al suelo. Cuando la luz de su linterna se murió de repente, en medio de esa gran tiniebla, Bernardo escuchó el ronquido de muerte de una fiera feroz, de otra dimensión. Con la piel erizada de pánico Bernardo comenzó a correr a toda prisa para alejarse de esa visión endemoniada. Sus pies parecían tener alas, aun así, no dejaba de escuchar el rugido de fiera hambrienta que le seguía los pasos.

Estábamos rezando el rosario a esa hora cuando escuchamos un golpe que rebotó en el cemento del patio. Pensamos que un coco seco se había caído de la mata. Cuando terminamos la oración, mi padre se guio con la lámpara en la oscuridad, y fue cuando descubrió, el resplandor metálico de la linterna, entre la mano crispada del cuerpo sin vida de Bernardo

López. Tenía los ojos abiertos, y una expresión de terror en el rostro.

Sin aventurarnos a andar en la oscuridad, ni saber cómo comunicar a las autoridades aquel desagradable hallazgo, nos sentamos esperar un amanecer distante. Los grillos no cantaban esa noche eterna, y en medio de ese silencio atroz podíamos escuchar, el lejano rumor de las estrellas». Y volvió a gregar de forma dramática:

«A partir de entonces, la gente se apresura a terminar sus gestiones durante las horas del día. Cuando el sol se oculta cada tarde, junto con él se esconden la población en sus hogares, porque todos saben, que por las noches, por las noches en mi aldea ocurren cosas muy extrañas».

PARA QUE NO SE ME OLVIDE

||||||||||||||||||||||||||||||||||||||||||||||||||||||||||||||||||||||||||||||||||||||||||||||||||||||||||||||||||||||||||||||

El hombre se llamó Sultán Todo Poderoso. Nació en la aldea de La Divina Providencia, una de las tantas comarcas abandonado de la mano de Dios, en las zonas rurales del área del Caribe. Me contó, que a su juicio, su nombre, su apellido, y hasta el lugar en donde había nacido eran cuentas de un rosario de ironías. Me dijo: «A quien se le ocurre llamar su hijo Sultán Todo Poderoso». Sultan me aclaró: «no guardo rencor contra mis padres, por la burla de mi apellido, ni les reprocho la arrogancia del nombre que me asignaron, a sabiendas de la pobreza a la que estaba condenado. Incluso, he tratado de olvidad el desprecio que siento por los fundadores de la aldea La Divina Providencia. Quizás ellos, al igual que yo, creyeron en la remota posibilidad de un milagro. Después de todo, ¿Qué efecto puede tener mi odio, o mi perdón en los demás?».

«Yo tendría por entonces, no más de diez años, y había llegado de mi habitual paseo por la aldea. Esa mañana había aprendido palabras nuevas, de esas que usaban los adultos, y estaba ansioso por usarlas. Así que en la primera oportunidad que tuve, dispuse de unas cuantas. Fue a partir de ese momento que mi abuelo se puso furioso.

En ocasiones lo había visto mal humorado cuando un compadre le hacía una mala jugada, molesto si perdían sus gallos de peleas, indignado cuando no le alcanzaban las cuentas, y enfurecido cuando algún maleante se robaba las gallinas. Conmigo, ese medio día estaba montado en cóleras. No entendía el porqué; yo había hecho lo mismo de siempre: jugar a la guerra con mis amigos, cazar lagartos para alimentar a un búcaro que tenía enjaulado, aprisionar sapos en sus cuevas, realizarle operaciones de vida o muerte a los insectos que atrapaba y burlarme de los adultos, mediante un idioma que me había inventado. En fin, yo era casi un ángel. Así que no podía entender por qué tanto el enojo.

En otras ocasiones yo había visto a mi abuelo indignado con otros miembros de la familia, y sabía de lo que era capaz en esos momentos de iras. Por eso, ese medio día, yo andaba con la prudencia de un niño juicioso. Incluso al recordar las golpizas que él les había propinado a mis tíos, me sentía más que preocupado. Ya todos se habían hecho adultos, y solo quedaba yo, para desahogara sus penas. La ramas, correas, los estuches de los cuchillos, hasta las extensiones eléctricas, eran para mi abuelo herramientas de torturas, aunque claro, en el momento de sus arranques, esto instrumentos diabólicos, no eran indispensables, para que él calmara sus frustraciones, golpeando a uno con lo que encontrara al alcance de la mano».

Sultán debió estar meditando sobre algo ya no recordaba cuando: «sentí unas garras como de animal de rapiña, que me atrapó por la espalda. Sin la menor clemencia el abuelo me llevó a la fuerza hasta su hamaca, y delante de mis compañeros, que no sé porque rayos aún estaban por ahí, me entró a fuetazos con un rebenque de vacas.

Mi abuelo no sabía leer ni escribir, pero por alguna extraña razón, mientras me pegaba, se le ocurría dividir las palabras en sílabas; cada sílaba era un golpe. Recuerdo que mientras me azotaba, sin la mínima piedad, me decía, como para que nunca jamás me olvidara, del motivo, la razón y la circunstancia de la golpiza: «yo- te- di-je- que -no- di- je-ras-ma-las pa-la-bras. Es- to- es-pa-ra que te- a-cuer-des-de- lo-que- te-di-go». ¡Que suerte que él era un analfabeteto!, si hubiera sido un letrado, y hubiese usado palabras como nasofaringolaringofibroscopía, o como ciclopentanoperhidrofentreno, o ácido desoxirribonucleico, me hubiera matado.

Antes del primer rebencazo, yo estaba dispuesto a no llorar, pero luego comprendí, que no gritar, solo serviría para estimular aún más su sed de venganza. Había escuchado alguna vez que una víctima desafiante produce furia en el verdugo, sin embargo, yo estaba dispuesto a hacer cualquier cosa para acortar mi calvario. Sin frenar mis penas, sin el menor pudor, y ante todos los noveleros que presenciaban mi infortunio, lloré como el más desvalido, como el más sufrido, como la víctima más miserable del Planeta. Le pedí a mi abuelo que me perdonara, lo que fuera que había hecho, o dicho. No tenía ni la más remota idea de por qué tanta crueldad para con migo, aun así, pedí compasión por mi falta.

Al final de esa tortura, como un tigre herido, o más bien como un cachorro magullado, me lamí las heridas y me juré, palpándome los moretones, que si algún día llegaba a crecer, yo sería un rebelde empedernido. Me convertiría en el promotor de toda una revolución arrasadora y sanguinaria, con el ideal de redimir los derechos violados de los niños, que como yo eran abusados por adultos tiranos. Ya verán, creceré algún día, y seré tierno con los niños, galante con las mujeres e implacables con los malvados.

–¡Que vida más bárbara la que me ha tocado vivir!, –me decía, acordándome de esa desgracia.

–¡Que destino más perro el mío!, –continuaba yo rumiando, sin dejar de llorar, mientras las ronchas que el rebenque había dejado en mí, me hacían cosquilla en la piel, como los gusanos a los muertos.

Yo había escuchado sobre los castigos que los padres adinerados imponían a sus hijos: si Johnny cometía una travesura, lo castigaban a cinco minutos sin ver la televisión. Por una falta mayor Johnny era corregido con varios minutos sentados en una silla. Por una falta grave, a Johnny se le castigaba, con diez minutos encerrados en el baño.

Ahora sollozando mi pena, me quejaba:

–¡Qué castigo más simple el de esa gente!,

–¡Qué dicha tienen los ricos!,

–¿Por qué diablos, no sería yo rico, o por lo menos hijo de una familia comprensiva?

La verdad es que nosotros no teníamos un televisor, ni sillas, sino taburetes de cuero, y en lugar de baño teníamos una letrina, pero que importaba,

–¿Por qué mi abuelo no tenía un rincón del suplicio o un taburete para que me castigara sentándome en él todo los minutos que quisiera?, O ¿Por qué no se le ocurría encerrarme en la letrina?, cualquier cosa hubiese sido mejor que sus azotes.

Luego de esa magna cueriza, noté, con sorpresa que mi abuelo continuaba molesto, pero ya no era un enojo virulento, como el del medio día. Su molestia parecía una pesadumbre. Noté su mirar de viejo arrepentido, y no puedo negar que sentí una gran satisfacción al ver a mi verdugo, ahora martirizado. Aunque claro, no por eso los moretones de la golpiza me dejaban de latir, como corazones sufridos en el fondo de la piel.

Esa tarde fue cuando más odié, y más quise a mi abuelo. Ustedes lectores, confundidos, adultos frustrados, rencorosos incurables, me preguntaran ¿cómo es eso?, O odias, o amas, pero no se puede sentir las dos emociones a la misma vez. Pero sé que no me equivoco al confesar que esa tarde, luego de ese gran castigo odié a mi abuelo con toda la fuerza de mi piel, y tan bien lo quise más que nunca.

Ya caía la tarde y yo no había dejado de llorar. A mi abuelo no le enseñaron a pedir disculpas, pero no importaba. Nunca antes había escuchado unas palabras más sinceras.

–Tú eres lo único que me queda, y no quiero perderte. Fue todo cuanto me dijo.

Al oír su hablar pausado, y ver ese mirar cansado, de ojos que han visto toda una vida, doblegarse ante mí, me olvidé del dolor de mi piel, de mi sed de venganza y sin importarme la burla de la que sería sujeto, de ser visto por mis amigos, lo abrasé. Entonces lloré aún más, pero sin indignación; me abrasé a él como quien se aferra a un árbol. Lloré como quien solloza, y está solo en una esquina remota del mundo, o como quien llora frente al mar».

Al terminar su historia Sultan se volvió algo triste. Se le humedecieron los ojos y agregó: «mi abuelo era un gran hombre».

EL SOBREVIVIENTE

Tenía la sospecha de haber sobrevivido a una gran catástrofe. Esa intuición, en ocasiones, lo había hecho creer que un desmedido cataclismo había borrado de golpe al resto de su generación. Se sentía el eslabón perdido de una estirpe ya desaparecida, que era una víctima desafortunada, que por azares del destino, o quien sabe por qué cosa, ilógicamente continuaba deambulando en este valle de lágrimas. Debió haber muerto en incontables ocasiones, como sus compañeros de viaje, y sin embargo continuaba inaplicablemente vivo. El total de todos sus contemporáneos había muerto en las cárceles, en peleas callejeras, por enfermedades repentinas, por balas perdidas o simplemente la muerte llegó un día y se los llevó. En ocasiones, en noches de insomnios había contado las veces en que había estado a punto de morir, y había llorado por su desdicha. En sus andares por la vida había estado de frente contra los cuatro jinetes del Apocalipsis: la guerra, el hambre, la peste y la muerte, y lo habían evadido de la misma forma que un conductor esquiva un obstáculo en la carretera. –Seguramente–alguna vez pensó– mi existencia tiene algún propósito que no he podido descifrar.

Años, lejos de sus amigos, de los años de la juventud, de sus padres, de sus compañeros de la escuela, y de la tierra que lo vio nacer, era poco lo que podía hacer para controlar esa sensación de desamparado, que siempre lo invadía. Hubo un tiempo en su vida en el que decía jurar que no se sentía extranjero en ningún lugar, pero el pasar de los años le demostraron que estaba mintiendo. Y a los noventa y tres años, debió aceptar que el destierro estaba acabando con su vida, que ese dolor lo consumía más que la corrosión de su edad. «¿Qué por qué no regreso? me preguntarán. La repuesta es muy simple: no tengo a donde ir. Mis parientes, unos se han muerto, otros se han marchado a lugares que desconozco, y el resto ya no sabe ni quien soy. Yo sería un forastero donde quiera que vaya. Soy un anónimo, un desterrado, el sobreviviente solitario de un siglo ya muerto.

Cuando fui joven, estuve seducido por las ambiciones. Antes le daba gracias al Cielo con gran devoción si sobrevivía, a cualquier acto aguerrido, o cuando se imponía mi voluntad ante los demás. Luego, el peligro, los grandes sucesos y los acontecimientos pavorosos dejaron de llamar mi atención. De igual manera dejaron de motivarme el desamor y las contrariedades cotidianas. Antes, me alegraba las desgracias ajenas y la mala fortuna de los seres presumidos, hoy todo me da lo mismo.

Tiene un costo alto el deshumanizarse y hacerse insensible al dolor. Son muchas las cosas que se pierden en el proceso, pero los recuerdos más dolorosos, las memorias más espantosas, nunca se van; se quedan rondando en el universo del inconsciente, y como fantasmas por las noches se escapan por la ventana de los sueños y nos martirizan. Antes, la muerte de un amigo, de un ser querido, e incluso la de un extraño me afectaba grandemente. La tristeza rondaba sobre mí como una nube negra, que evoca tormentas. Luego, sin embargo, aprendí a ver la muerte como un pasaje de ida, y comprendí que mis compañeros fenecidos habían sido más afortunados que yo porque se me habían adelantado. Hoy la muerte se ha hecho mi amiga: ya no me golpea como pedradas, y esos impactos no me entristecen durante meses, como antes. Solo una pérdida, sin embargo, me continúa entristeciendo. Recuerdo la muerte de Rosaura y no puedo apaciguar el sentimiento de culpabilidad que me invade. A ella le dedico esta historia.

Mi escasa edad me hacía ver en el mundo, la tierra prometida que otros no podían percibir. Yo era práctico, enérgico, agresivo, y estaba borracho de una codicia sin límites. Ese insaciable afán de llegar más lejos, y de ser en todo el primero, fue el principio de mi perdición. Pensaba, de una forma irracional, que una mañana cualquiera, por alguna extraña razón, despertaría siendo un millonario. Idiotizado por esa absurda creencia, esperaba que en cualquier momento mi desdicha, de forma prodigiosa, fuera espantada de mi existencia, borrando la pobreza del diccionario de la vida mía. Mientras esperaba ese momento culminante de mi desdicha, yo andaba como aturdido, soñando despierto (todavía continuo con esa mala costumbre). No sabía cómo, ni cuando, pero estaba tan seguro de mi destino, que me costaba un gran esfuerzo controlar mi imaginación.

Mi peor pecado, si es que los pecados existen, es haber tenido esperanza. Llegué a esa conclusión cuando cumplí los treinta. El genio de la lámpara no había aparecido por ninguna parte. El boleto premiado de la lotería no había caído en mis manos. Mi pariente rico no había llegado, y yo no había podido encontrar la famosa fortuna, que según decían estaba enterrada, no muy lejos de mi casa. Era un cofre repleto de oro, que había escondido un abuelo lejano, rico y avaro, durante la era de Lilís.

Yo, Octavio Gautreau, el quinto hijo de padres alcohólicos, era pobre, más allá de la razón. Era casi un niño cuando me mudé a la ciudad, tratando de escudriñarle alguna pista la fortuna. Mientras esperaba con la paciencia de un buey rumiando a la sombra, mi glorioso ascenso al mundo de los ricos, traté de ganarme la vida como empleado de una mueblería, como chofer de carro público, como ayudante de fontanero, y hasta como mecánico de radio; aun así, cada día, me presentaba desafíos insufribles. Cansado de mi mala suerte, decidí emigrar en yola a Puerto Rico. Fue durante esa travesía que conocí a Rosaura.

No fue difícil encontrar a los traficantes. Incluso en Miches, un pueblo de la costa, anunciaban sus servicios, como si hubieran sido boletos para una rifa navideña. Éramos en total veinticinco, y Rosaura era la única mujer del grupo. Ella era joven, hermosa y poseedora de unos ojos tristes, que despertaban en uno deseos de quererla. Estoy seguro de que esa observación era compartida por todos los hombres, que esa inolvidable tarde emprendimos esa temeraria aventura. El peligro que debíamos enfrentar había despertado en nosotros un sentimiento extraño, algo parecido a la hermandad. Temiendo causar el menor agravio, ninguno se arriesgaba a ser demasiado galante con ella; nadie se atrevía a lanzar la primera piedra.

Era exactamente las seis de la tarde, cuando la pequeña embarcación partió desde una playita sin nombre con destino a Punta Gorda, Aguadilla. Yo debía ser el único que me embarcaba por primera vez, pues todos actuaban con una naturalidad asombrosa. Minutos habían pasado, y el movimiento de las olas, y el olor de la gasolina me habían echado al piso. Cuando me deshice del malestar en el estómago, ruborizado de vergüenza, me disponía a disculparme por mi flaqueza; para mí consuelo, a nadie pareció importarle. Luego cayó la inevitable noche, y el golpe de las olas a la embarcación, era un persistente recuerdo de que la muerte estaba al acecho. En la oscuridad, tantos hombres jóvenes con una mujer hermosa, hubiese sido motivo para un gran desatino, pero en tales condiciones las diferencias de los sexos suelen pasar inadvertidas.

Amanecimos sin dormir ante la expectativa de una desgracia. Después del desayuno (un arenque y un pedazo de casabe), el capitán, por llamarlo de algún modo, ordenó, nos echáramos por encima una lona de escampar de un azul intenso. Tenía dos objetivos, según nos contó: primero, impediría que el sol nos cocinara vivos, y segundo, nos haría invisible, desde el aire. Debíamos llegar a nuestro destino ese segundo día, en horas de la tarde.

Estábamos s por la ambición. ¡Cuántos sueños truncados, cuantas esperanzas muertas, cuanta perseverancia por no dejarnos derrumbar por la pobreza! Otros, al igual que yo, querían emigrar para Nueva York y comenzar una nueva vida. Pero la mayoría pensaba quedarse en Puerto Rico, y tener negocios que pronto los harían ricos, y poderosos. Unos cuantos decían que harían cualquier cosa para hacerse gentes de fortuna. Rosaura miraba al horizonte azul, y el miedo la había hecho enmudecer. Traté de calmarla y de calmarme, repitiendo los pronósticos que había anunciado el capitán. Se descartaban las posibilidades de tormentas, y la atmósfera no nos sorprendería con aguaceros. Decía que todo ocurría dentro del marco de lo normal. Intenté repetirle ese informe, como si hubiese sido mío, pero me traicionó mi propia voz. No logré convencerla de nada. Un temor patológico se había apoderado de ella; algo secreto e indigno de nuestra confianza la atormentaba.

Ese algo lo noté en horas de la tarde deslizándosele por entre las piernas. Por un sentimiento parecido al pudor, disimulé no ver ese hilo de sangre, nunca he sabido cómo tratar con esas particularidades de las mujeres. Sin decidirme a mirarla a la cara, opté por contemplar el horizonte. Esa línea ondulante y azul que subía y bajaba, y bajaba y subía, de acuerdo a los caprichos de la marea, me produjo un vértigo peor que el inicial, y una vez más me vi obligado a arrojar lo poco que había comido. Minutos después continuaba pensando que se hubiera sentido humillada, si se enteraba de mi observación. Los efectos de la náusea, no me habían dado el valor que necesitaba para decidirme a hacer algo. Ella, al igual que yo, también miraba a la distancia, tratando de pensar en algo más. Continué mirando a ninguna parte, rogando que solo ella, y nadie más que ella, notara lo que parecía ser un descuido.

Miles de preguntas rondaban por mi cabeza mientras trataba de justificar su situación. ¿Sería que no había planeado ese ciclo mensual tan común? ¿Tal vez, se había olvidado de traer menesteres para disimularlo? ¿Quizás el temor del viaje había acelerado el período menstrual, y eso la había tomado por sorpresa? Esa tercera opción parecía ser la más lógica. Una duda más, que por cierto era la más descabellada de todas, me llegó de súbito: ¿qué tal, si estaba recientemente embarazada y estaba perdiendo la criatura? Esa posibilidad me crispaba los pelos, y resolví pensar que era simplemente un descuido suyo. Me decidí: Le tomé una mano, la miré a los ojos y sin hablar, le dejé saber que conocía su preocupación. Esa es la experiencia más parecida a la telepatía, que jamás he tenido. Me saqué la franela, disimuladamente hice con ella algo parecido a una pequeña almohada, y se la alcancé; nadie pareció notarlo. Con el primer intento hizo desaparecer la línea negra de la pierna y se sentó en el lienzo.

Era ya el segundo atardecer, y las costas no habían aparecido en el horizonte. El mismo azul de siempre era todo lo que podíamos ver en todas las direcciones. Podía jurar que estábamos navegando en círculo. Preferí pensar que el capitán era un guía experimentado, que sabía lo que hacía. Para mi alivio, y la calma del resto de la tripulación, las palabras del guía era una máxima autoridad. Nos informó que la demora se debía a un viento inesperado, que soplaba en contra de nuestra dirección. Eso disminuía considerablemente la velocidad de la embarcación.

Toda nuestras esperanzas y nuestras vidas estaban en sus manos, así que no teníamos más opción que creerle. Sin el mínimo rastro de duda nos convertimos en sus más fieles servidores.

Esa segunda noche, algo más alarmante y más aterrador que la demora me horrorizaba, al grado que me temblaban las manos, y se me hacía un nudo en el estómago. Recordaba que durante mis horas de ocio, después de la escuela, escudriñando una enciclopedia, me había obsesionado estudiando las vidas marinas. Desde entonces pienso que las casualidades no existen, que todo cuanto hacemos, consciente o inconscientemente, es planear los hechos que debemos enfrentar en el futuro, y que muchas cosas, que nos parecen obsesiones, no son más que ensayos para la muerte. La condición de Rosaura se me había quedado como un trompo dándome vuelta en la cabeza. Recordaba las láminas ilustradas de esa maldita enciclopedia. Podía ver, con nitidez en mi memoria, los tiburones con sus dientes en forma de serrucho doble, sus ojos de felinos acuáticos, y el detalle de que no dejan de comer aun cuando están llenos: comen incesantemente. Recordaba que los tiburones son capaces de detectar una gota de sangre en un millón de gotas de agua, y que pueden percibir el olor de la sangre a casi media milla de distancia. Vivas imágenes de las ilustraciones llegaban atropelladamente a mi memoria, a mortificarme.

La angustia caía sobre mí en forma de preguntas y conocimientos, que habían permanecidos ocultos en algún olvidado precipicio de mi inconsciente, porque nunca los había necesitado. Ahora, por esa arbitrariedad del pensamiento humano llegaban a torturarme en forma de cálculos, posibilidad y situaciones. Pensaba que una porción de agua, aunque pequeña, se filtraba en la embarcación y había que conectar un motor que las devolviera al océano. ¿Que tanto podía absorber el lienzo de la franela?, ¿Que iba suceder cuando el tejido no aguantara más, y comenzara destilar la sangre al agua?, ¿Cuál sería la reacción de la gente ante el pánico? Sería asunto de minutos para que los tiburones excitados por el olor de la sangre nos devoraran a todos. Mientras tanto, yo hacía lo imposible por ver las luces en la distancia.

Debían de ser horas de la madrugada, cuando la desventura nos hizo recordar que estábamos viviendo el infierno en medio del mar. El motor dejó de funcionar repentinamente. El capitán, como siempre, con una calma que me parecía demasiado serena, para ser verdad, nos dejó saber que no había motivos para alarmarnos, por el simple hecho de que el motor dejara de funcionar. Decía, que se había sobrecalentado, que eso era todo.

Lo lógico hubiese sido, que ofendidos por su frialdad ante semejante situación alguien hubiera dicho: ¿acaso no estamos en medio del mar, flotando sobre los tiburones? ¿qué le pasa ese tipo? La realidad fue, que al igual que antes, nadie dijo ni púdrete: todos soportábamos ese infortunio con una sumisión bestial.

La última ración de comida fue repartida entonces, pero, a pesar del hambre, casi nadie quiso comer. Yo eché la mía al agua, sin probarla. Para calmar los nervios y espantar el silencio de la noche, el capitán extrajo, no sé de donde, una pequeña radio portátil y una botella de ron; todos bebimos de la botella. La radio chirrió por un momento, y luego escuchamos a Celia Cruz y a Bienvenido Granda cantando *El de la Rumba Soy yo*. Unos mirábamos al vacío negro de la noche, sin saber qué hacer, y otros comenzaron a cantar para darse ánimo.

Fue, mientras la gente cantaba, que escuche algo que hizo: shup shup shup. Miré, como queriendo no ver, y me encontré con el peor de mis temores. Vi, sin la menor duda, la aleta dorsal de un tiburón que estudiaba nuestra embarcación. Para que se despejara cualquiera de mis dudas, si es que tenía alguna, descubrí luego múltiples, aletas que rondaban cerca de la barca, ¡Madre mía! Estábamos rodeados, con por los menos una docena de esos animales. Cerré los ojos, rezando en silencio, y decidí mirar al vacío de la oscuridad de la noche. Mientras rogaba para que se marcharan, mis compañeros, con la excepción de Rosaura, continuaban cantando estimulados por el alcohol.

Me disponía a darle gracias a Dios porque nadie más que yo los había visto, cuando un grito aterrador me volvió a la realidad.

¡Tiburones!

¡Que nadie se mueva! –dijo el capitán con un machete en la mano, y su voz se impuso ante las demás.

¡No hagan escándalo! –volvió a decir, y lanzó un machetazo que partió por la mitad un hocico que se acercó por la borda.

¡Nadie se mueva! –continuaba él diciendo, como hablando consigo mismo.

Un completo silencio no fue posible. La mayoría rezábamos, por una ayuda del cielo, para que nos socorriera.

El cerco continuaba sin tregua, y sabíamos que el Capitán y su machete amenazante no servirían de nada una vez decidieran comernos, y cayéramos al agua. Sospechábamos, que los animales marinos habían llegado, atraídos por el color lumínico de la embarcación, de la misma forma que las carnadas de colores brillantes atraen a los peces. Luego descubriríamos, ser otro el motivo. Mientras tanto, tratábamos de justificar esa realidad tan espantosa, echándonos la culpa por haber lanzado la cena al mar. La pregunta que nos hacíamos, no era si moriríamos devorados, sino cuándo. El capitán mantenía el machete en alto, dispuesto a hacer trizas cualquier cabeza de tiburón que se acercara demasiado.

En medio de esa zozobra pasamos el resto de la noche. Vimos el despuntar del nuevo amanecer sobre el agua, y nos pareció el más bello jamás visto. Uno de los compañeros, que parecía el menos asustado, tomó el machete, mientras el capitán intentaba que arrancara el motor. Después de varios intentos, concluyó que las bujías se habían quemado. Por suerte, (una forma de decir) el capitán decía tener piezas de repuesto. Las reemplazaría con las primeras luces, estaba preparado para cualquier eventualidad. Lo único que pareció no haber prevenido era el asedio de los tiburones, que no dejaban de custodiarnos con una diabólica y muy obvia intención.

La parte más horripilante de la travesía llegó con las primeras luces: dentro de la yola, el agua nos llegaba hasta los tobillos, y nos dimos cuenta de que flotábamos en un pozo de sangre. Mi primera impresión fue pensar que, en el ajetreo y el miedo, el capitán había herido a alguien, quien, por el pánico, no se había dado cuenta: nos mirábamos, buscando con la mirada el lugar de origen de la hemorragia, y fue así como descubrimos a Rosaura sentada entre cuajarones de sangre. Estaba pálida. Su piel parecía ya la de un fantasma. ¡Hay que deshacerse de ella!, ordenó el capitán, con una determinación asombrosa y fría. No podía creer que estuviera hablando en serio.

¡Eso yo no lo permito! dijo alguien que se me adelantó.

El capitán alzó el machete, y nos amenazó: -¡El que se interponga lo hago pedazos!- dijo, mientras hondeaba el arma.

Me puse de pie, dispuesto a evitar que la lanzaran al agua, pero alguien, que había adivinado mi intención me golpeó en la nuca, y caí derribado.

Mientras estuve inconsciente, recuerdo que soñé algo que fue como una ventana a la realidad que estábamos viviendo. Continuábamos a la deriva, aunque sin los tiburones. Un ciclón nos había sorprendido, y una ventolera repentina estaba a punto de voltear el bote. Rosaura, que continuaba despreocupada, había caído al agua y el remolino la levantó por los aires, y se la había llevado, y todos gritábamos: ¡Rosaura no te vayas, no te vayas!

Cuando recobré el sentido, el motor estaba funcionando a la perfección, yo estaba medio mareado por el golpe, y Rosaura ya no estaba. Recuerdo ver en una de las tablas, donde se había sentado, la enorme mancha negra de sangre seca. Me contaron que deliré, mientras estuve inconsciente. Me habían colocado de espalda a la proa. Recuerdo la interminable estela de espuma blanca que la embarcación iba dejando sobre el mar, y sospeché que ya no buscábamos un nuevo destino, sino que tratábamos de escapar del único que nos había tocado vivir.

Pensé que atrás, en ese punto indescifrable del mar, había quedado para siempre ella, y lo peor de ese nefasto drama. Desde entonces, no recuerdo una sola noche de mi vida, en la que algunas fracciones de ese momento espantoso no se filtre en mis sueños, espantándome la paz, e infestando mis pesadillas. A veces, no sé si maldecir o agradecer a la noche porque me trae su imagen, y la veo sentada cerca de mí callada y ausente.

Vi los primeros rostros eufóricos, y pensé que no había alegría capaz de espantar mi tristeza. Volví el rostro, solo para preguntar por qué tanto asombro, y vi a muy poca distancia las palmeras azuladas de la isla de Puerto Rico».

UNA BRIZNA DE ESPERANZA

||||||||||||||||||||||||||||||||||||||||||||||||||||||||||||||||||||||||||||||||||||||||||||||||||||||||||||||||||||

Mi escasa memoria, desde muy temprano, me ha obligado a depender de la autonomía que puede proporcionar un cuaderno en donde guardar mis recuerdos. He cumplido ya noventa y seis años y a esta altura, como deben saber, la mente se hace permeable a lo irreal, aun para quien ha sido lúcido. A esta edad, lo verdadero y lo soñado se vuelve una maraña, un laberinto de incógnitas que se interponen al tratar de discernir lo ocurrido y lo imaginado. Mi caso es peor, que el del resto de todos los mortales. Siempre me ha resultado casi imposible distinguir lo real y lo ficticio, las verdades y lo anhelado.

Eso que llaman suerte, felicidad o alegría, rara vez ha tocado a mi puerta. Casi un siglo ha pasado por mí, como una larga pesadilla, y aun cuando me siento despierto, confieso vivir atribulado de incertidumbres. Una lista inmensa de infortunios me ha perseguido a través de los años. En ocasiones, cuando por alguna extraña razón, algo parecido a la euforia ha rondado cerca de mí, me he pellizcado el brazo para comprobar que estoy despierto. Pero este no es el relato de mis emociones, y mis desventuras. Esa sería otra historia que, bien podría llamarse, el ocaso de mi existencia. Ahora quiero contar un hecho singular que ocurrió hace ya muchos años, cuando fui joven.

Según testifica mi memoria de papel, esta historia ocurrió en octubre del 1926, ocho años después de la muerte de mi abuelo. Indica que la nostalgia por quinta vez me había llevado a visitar su tumba. Por conveniencia más que por convicción, yo me inclinaba a pensar que la muerte nunca causaría cambios significantes en mi vida, pues sabía que la muerte no es más que el olvido, y saber olvidar ha sido siempre mi única virtud.

En esa ocasión yo había regresado, a consolar mi tristeza, hablándole a la tumba de mi abuelo. Mientras hablaba en silencio con su recuerdo, el presentimiento de ser observado pesaba sobre mí. Hurgando con la mirada entre las cruces, noté que alguien esperaba a la salida. Era un hombre de aspecto provinciano, a quien no había visto antes. No había nadie más allí, y comprendí que era a mí a quien esperaba. Quizás había notado mi abismal soledad, mientras meditaba entre las lápidas, y prefirió no interrumpirme.

Al salir me ofreció su mano, y aun sin presentarse me hizo saber que los restos de sus padres, y los de dos de sus hermanos descansaban tan bien allí. Me contó que siempre había vivido en la aldea, porque «somos un eco del pasado». Luego agregó: «me parece espantoso la vida en la ciudad». No recuerdo su rostro. Creo recordar que fumaba, y hablaba del pasado como hipnotizado por recuerdos de momentos afables. Me invitó a su casa, y no tuve el corazón para rechazar ese buen gesto. Pensé preguntarle qué había querido decir con eso de que «somos un eco del pasado», pero me desanimó el observar que todo cuanto decía, tenía algo de profético. Hablaba sin pausa ni prisa, como saboreando los recuerdos antes de dejarlos salir. Su voz tenía un efecto narcótico, y daba deseo de seguir escuchándolo.

El hombre dijo llamarse Juan. Su apellido lo pude deducir tiempos después. De acuerdo a la memoria de mi libreta, su calma al hablar, no era otra cosa que un esfuerzo suyo para sosegar el gran torbellino de nostalgias, y emociones que lo investían por dentro. Anoté en mi libreta mi sospecha de que esa forma suya de rememorar el pasado, era la consecuencia de sentirse abrumado ante el temor de que los recuerdos en cualquier momento podían desmigajárseles en la memoria, y perderlos irremediablemente.

Caminábamos hombro con hombro, y en ocasiones él se detenía para mirarme a los ojos, como maravillado por la mágica eternidad de un instante revelador, y con sus grandes manos chapadas de callos, me daba palmaditas en el hombro, como para asegurarse de que yo le brindaba toda mi atención. Me mostró el trecho de polvo de un camino que se perdía a lo lejos, y apuntándolo con el dedo me dijo: «es increíble, pero me acuerdo. Por ahí pasó la vieja mula que llevaba al padre y al niño enfermo». Al advertir mi confusión, comenzó por contarme su historia por el principio.

Me contó una historia reveladora. Creía recordar lo que le había ocurrido a un hombre, y a su hijo de cinco años. Padre e hijos habían salido, hacía dos días. El niño estaba enfermo de Tétano. Buscaban a un tal Don Juan Corona, o Coronado; el nombre no importa. Le habían contado que ese hombre podía curar cualquier mal, que conocía sortilegios para espantar la muerte, que eran varios a los que él había arrebatado de las garras de la parca, y que era el único capaz de curar el mal del Tétano. A decir verdad, nadie podía asegurar si ese hombre de verdad existía, o solo era el fantasma milagroso de alguien que debió existir para mitigar los desafueros que nos presenta la vida. De esa figura legendaria, también se decía que vivía a dos días de distancia por ese camino viejo. Eso era cuanto se sabía de él.

Era un agosto severo de esos en que los días se extienden como largos años y el calor se siente como un ardor de brasas, a centímetros de la cara. El viento al soplar, lo golpeaba a uno, y lo dejaba ensopado de sudor. La jornada había sido una penosa travesía. Una deprimente soledad habitaba esos lugares. El camino era una extensión pedregosa, a cuya orilla solo crecían las malas yerbas. En horas de la tarde, de ese primer día, la mula se espantó con una anciana que encontraron en medio del tramo, y los derribó. La anciana pareció ni verlos. Habían caminado un día completo, y al caer la noche continuaron el recorrido tratando de evadir a un que volaba en círculo sobre ellos. El padre angustiado, sabía que era una muy mala señal. El niño iba más muerto que vivo. Ardía en fiebre, y veía las cosas, como a través de una telaraña. Así que los recuerdos de esos dos días se basaron en emociones corporales. El niño podía suponer que habían cabalgado una gran distancia, pues su cuerpo era un dolor constante. Sabía que el sol era una persistente amenaza, a pesar de estar bajo una cobija. El sudor de ambos se juntaba, y era como agua de un mismo río. Recordaba, además un extraño olor a tierra mojada, similar al que ronda en la atmósfera después de un chaparrón.

Al amanecer del segundo día comenzaron a cabalgar antes de que saliera el sol, sin embargo ya para entonces, el calor era insoportable. Era como si hubieran estado llegando próximos al infierno. El camino continuaba siendo una cicatriz de polvo, y piedras, que se deslizaba por entre las montañas, y se perdía en un horizonte gris.

Delirando de calor, y casi sin dormir, el padre animaba al niño con palabras tiernas, entrecortadas por la emoción de hablarle a un moribundo. Hablaba con el niño para espantar la soledad, y deshacerse de la frustración de sentirse perdido. Continuaba hablando, aun cuando presentía que el niño no le escuchaba, porque deliraba de fiebre. Motivado por el vicio de hablar, el padre había contado las curvas del camino, las palmeras, y las montañas, como quien cuenta ovejas, y espera quedarse dormido.

Un punto gris apareció en la distancia, y no era más que una insinuación visual, pero fue creciendo y tomando forma, hasta convertirse en un anciano en medio del camino. Estaba inmóvil y de pie. Era un señor muy viejo, que aunque parecía venir de muy lejos, daba la extraña impresión de haber estado allí desde siempre. Vestido con camisa de lana, calzados de labrador, y sombrero de paja, parecía un espejismo inmune al calor. Había allí un cruce de caminos.

–Buenas tardes señor– le dijo el padre,

–¿Conoce usted a Don Juan Corona?

Como un enjambre de abejas, que al volar junto forma una visión, que se desintegra cuando éste se separa, así la imagen del anciano se perdió en la nada. Como el padre había escuchado historia de sobrevivientes de los desiertos, pensó que estaba delirando.

Al llegar al preciso lugar a donde vio la aparición del anciano, la mula se detuvo. Se resistía a seguir. A pesar de atormentarla con las espuelas, y de sus imperiosas órdenes para que continuara, la montura se resistía a caminar. En otra condición, el padre del niño, hubiera matado a ese animal a puñetazos, o la hubiera estrangulado, pero llevaba al niño entre los brazos, y era muy poco el esfuerzo que podía imponerle. Luego de minutos de luchar, de insistir, sin ningún resultado, el padre soltó las riendas, sin saber que hacer. El animal cambió de rumbo. Dobló por uno de los caminos que allí se encontraban. Caminó por un sendero de tierra que guiaba hasta el patio de una casa grande en forma de bohío.

A través del rectángulo oscuro de una puerta abierta, una silueta que erraba en la penumbra preguntó:

-¿Qué puedo hacer por usted?

El padre presintió estar ante un confesor, y sintió un gran deseo de contarle lo que le había sucedido. Quería contarle todo hasta deshacerse de ese dolor que lo agobiaba por dentro. Apresurado, casi a punto de llorar, le contó todos esos pesares, y al final del relato, reinaba en él una calma, parecida a la que sienten los católicos luego de una confesión ante el Espíritu Santo.

-Es una lástima, que yo no conozca a ese señor a quien menciona, -dijo el anciano luego de un largo silencio.

-Permítame cargar al niño, quiero ver lo que le sucede. –dijo, extendiendo las dos manos.

Lo palpó por la espalda, como contando el número de sus vértebras, luego afirmó:

-es cierto, está muy enfermo. Lo repitió varias veces, como hablando consigo mismo, mientras continuaba presionándole las articulaciones.

-Pero no se preocupe más. Siéntese aquí y descanse. - Con el dedo, le mostró una silla.

El padre del niño vio al anciano caminar a bregas, como un tullido rehabilitado. Su cuerpo era grande, y lento como un gran estorbo. Caminaba con los brazos extendidos como un malabarista, manteniendo el equilibrio sobre la cuerda floja. Lo vio alejarse hasta una mesa llena de escombros. Sus manos torpes tropezaban con botellas y raíces, y ese laberinto en desorden parecía tener para él una organización implícita.

Fue entonces cuando el padre lo reconoció. Un gran escalofrío le recorrió el cuerpo. No tuvo la menor duda de estar ante quien andaba buscando.

-Fricciónele el cuerpo con esto, –dijo el anciano mientras le ofrecía al padre un frasco con ungüento.

Y agregó: -hágalo durante ocho días. Manténgalo bien abrigado. No permita que se baje de la cama durante ese período de tiempo.

Sin saber cómo pagar ese gesto, el padre le dijo: -hágame un favor más, y hónrenos con su visita. Me gustaría que conociera a mi esposa y a mis otros hijos. El padre sabía de antemano, que estaba pidiendo algo imposible, y se disponía a pedir disculpa por su imprudencia, pero la voz del anciano lo detuvo.

-No se preocupe, iré a visitarlos, aunque sea en un avioncito de papel, –dijo él, y se sentó en su viejo mecedor, tal y como siempre había estado: con la mirada en el infinito.

Debía ser ya las tres de la tarde cuando padre e hijo retomaron el camino de regreso. La mula se encaminó varias entradas, y cabalgaba de prisa, cual si hubiese estado acostumbrada a andar por esos senderos. El padre no sabía cómo explicarlo, pero el camino de regreso, fue mucho más corto. Al anochecer de ese mismo día, entre las luces coloradas del aurora vieron las primeras casas de la aldea La Divina providencia, que así era como se llama en donde vivían.

Más de dos semanas habían pasado y una mañana, el niño se metió en la cama con sus padres.

–No he podido dormir bien, –les dijo. –el volar de los aviones me mantuvo despierto.

Pronto se quedó dormido.

El padre terminó de despertarse, sacudido por la mano de un recuerdo. Había vuelto a su mente una voz: «no se preocupe. Iré a visitarlos, aunque sea en un avioncito de papel». La aldea no estaba próxima al área por donde volaban los aeroplanos. Por allí nunca pasaban lo aviones. Él no creía en las coincidencias, y se apresuró para con su presencia brindar tributo a quien había salvado la vida de su hijo.

En esa ocasión el viaje fue de apenas un día de camino. La vieja casa lucía colores alegres y había niños jugando en el patio. Nada daba a indicar que allí hubiera visto un funeral, ni nada parecido. Una mujer de mediana edad lo recibió y lo creyó un extraviado de los tantos que se perdían en la zona.

–Busco al señor Don Juan Corona, –dijo el hombre.

Y agregó, por si las dudas, -estuve con él aquí hace apenas unos días.

«Él era mi padre» -dijo la señora. «Murió hace más de veinte años».

Un domingo días después, el padre fue a la iglesia con el niño. Hizo que lo bautizaran. Lo nombró Juan Corona, en nombre de quien le había salvado la vida.

Mi anfitrión había terminado de contarme esa historia. Al notarla inconclusa, ya le iba a preguntar, qué había sucedido con el niño. Pero adivinando mi pregunta, se me adelantó, y mirándome seriamente, me dijo: «lo recuerdo todo. Ese niño era yo.»

POSTMORTEN

Cuando muy joven, Eufemio Lovera soñó que moriría a los ochenta años de muerte natural. Tomó ese anuncio tan en serio, que a partir de entonces descartó las metas a largo plazo, por temor a no poder alcanzarlas. Muchas fueron las veces que se mortificó inútilmente pensando en eso. Iba, no hace mucho, pedaleando su Calnabo C59 por el costado de la autopista Franklin Delano Roosevelt, dejándose acariciar por la brisa fresca que llegaba del Hudson, y sin saber por qué supo que era el día de su cumpleaños número cuarenta. Inevitablemente volvió a recordar su muerte anunciada, y supo que ya había vivido media vida, y que continuaba siendo un nadie.

- soy un mierda- se dijo. Esa realidad lo golpeó, como un hachazo en el pecho.

El llanto no tardó en llegar a sus ojos. Mirar a través de sus lágrimas, era como tratar de ver a través de un cristal turbio. Se detuvo para no estrellarse contra un árbol o no caer al agua. Se sentó en el suelo sintiendo una daga que le atravesaba el corazón.

Regresó a su cuarto caminando. Estaba hecho un trapo. Apenas tuvo fuerza suficiente para subir la bicicleta y colgarla de un gancho. Se tumbó en la cama sin quitarse los zapatos. Y no salió de allí en tres días, lamentando su mediocre vida. Al cuarto día decidió echarle la culpa a su jefe por esa tristeza que lo estaba matando. Decidió tomarse unas vacaciones. Tomó un taxi, y luego un avión que lo llevó Cancún.

El descanso le resultó desastroso. Casi no salió del hotel y optó por perder el tiempo mirando películas viejas. Hacía casi una década que había visto Basic Instint con Michael Douglas y Sharon Stone. Entonces el argumento le pareció un disparate, pero Sharon Stone, era un festín para sus ojos, y eso mejoró bastante su opinión sobre esa cinta. Ahora diez años después, en el cuarto de ese hotel, volvía a verla de nuevo y su opinión era otra. A Sharon Stone la encontraba aún más soberbia que la primera y eso mejoró su opinión sobre la película. ¿Será que a medida que uno se va poniendo viejo, las mujeres jóvenes se ven cada vez más buenas? Una infinidad de veces se había recreado esas escenas eróticas en su memoria. Se imaginaba con ella en la cama, y sustituyendo a Michael Douglas, y muchas habían sido las ocasiones en que se había dicho: «algún día me voy enredar con una rubia de ese calibre». Pero la rubia de su sueño, demoraba en llegar y todos esos años se los había pasado soñando con ella, resignado a solo ver sus hijos como se iban por la cloaca.

Camino de regreso a Nueva York su tristeza había decrecido considerablemente, incluso hasta llegó a reírse de su ingenuidad. Pensó que le quedaba por vivir cuatro décadas todavía, y eso es bastante tiempo.

Pero ese momento de buen humor pasó como una ráfaga, y el diablillo del mal humor no tardó en regresar. En el avión, dos hombres mucho más jóvenes que él se sentaron a cada lado de su costado. Luego un tercer, amigo de esos dos tomó asiento al cruzar el pasillo. Hablaban a gritos.

La atmósfera se hizo incómoda, y Eufemio Lovera supo que el vuelo sería largo y tormentoso. Los tres amigos no debían tener más de 23 año cada uno. Aunque Eufemio no era tan joven, y podía pasar por uno de ellos en edad, sentía la diferencia de las edades como un abismo que los separaba por una gran distancia. Ellos hablaban sobre su cabeza sin la menor cortesía y hacían chistes de los que solo ellos se reían. Esos tres mamarrachos se comportaban como si hubieran compartido un secreto, que el resto de los seres humanos ignoraban. Más de una vez pensó decirle que bajaran la voz que estaba intentando dormir, pero no se decidió. Sus risas eran como la de las hienas: una mezcla de burla, dolor, regocijo, duda, amenaza y lamento. A pesar de todo, había algo en ellos que despertaba en Eufemio un presentimiento extraño, algo parecido a la compasión, o a la nostalgia pues le hacían recordar cuando él fue más joven y pensaba que sería rico y famoso y que el mundo se rendiría a sus pies.

Cuando el avión finalmente aterrizó, todos imbécilmente aplaudieron, como si se hubieran salvado de una tragedia. En la aduana, mientras buscaba su equipaje, Eufemio coincidió una vez más con los tres miembros indeseables, y respiró hondo. Pero luego se calmó pensando que nunca más tendría que volver a verlos. Al salir, a ellos los esperaban tres bombones, que bien podían ser tres modelos de esas que trabajan para Victoria Secret.

—que suerte tienen los imbéciles-se dijo Eufemio.

Eufemio nunca había tenido buena suerte con las mujeres, y sin embargo a la hora de elegir una posible compañera, era muy selectivo, pues desde que vio Basic <u>Instint</u>, Sharon Stone se había convertido en la medida perfecta de lo que deseaba. Por eso, aunque había tenido novias bellas, no llegaba muy lejos con ellas. Muchas al conocer su obsesión por las rubias, duraban más en decidirse a acercarse a él, que en alejarse. Como andaba casi siempre solo, en ocasiones se había dicho de él, que era un tipo raro, que era un homosexual de armario. Los afiches que tenía en su cuarto sobre grandes atletas del ciclismo como Fausto Coppi, Miguel Iduraín y Land Armstrong, no ayudaba a pensar lo contrario.

No habían pasado cinco días de su regreso de vacaciones, y ya se había olvidado de los tres tipos esos en el avión. Y una mañana cuando salía de una tiende de departamento, una voz femenina lo hizo mirar.

—¡Hola tú!- dijo ella- El dudó que hablara con él y pensaba seguir su camino.

—¿Yo?,

Si, tú. Eres Ronaldo, ¿Verdad? Al ver la expresión que hizo Eufemio, ella agregó:

—Sí, Ronaldo, el futbolista Brasileño, el que juega para el Real Madrid. No te hagas el pendejo, que te conozco.

—¿Ronaldo? ¿Yo?- Ella pareció no escucharlo, y continuó, como fascinado con él. Y con una risita, que podía significar cualquier cosa dijo:

-tú eres un cómico. Te vi, el otro día en el aeropuerto cuando Salías con Albert, Ronald y George-

-Ah, si los tres chiflados- pensó Eufemio.

Ella continuó contándole, que lo había reconocido al vuelo, y que casi se olvida de Albert, su ex.

Lo había buscado en todo Manhattan y no había podido encontrarlo, «pero mira la suerte que tengo. Te encontré cuando menos lo esperaba».

Eufemio una vez más trató de explicarle que él era ciclista, y que sabía muy poco sobre futbol, y que definitivamente él no era el que ella pensaba. Pero era imposible hacerla razonar. Ella no se daba por vencida, y sentenció: -si no eres él, de todas formas, te llamaré Ronaldo.

Eufemio ya no se hizo rogar más, y le dijo que sí, pues esa hembra estaba como recetada por un doctor (suponiendo que los doctores receten mujeres para mejorar la salud).

La invitó a un café. Y ya entrados en conversación, ella le contó que era fotógrafa, que trabajaba para una revista que se llamaba la Chamarra o la Chatarra, o la Chicharra, o algo así. Eufemio no lograba concentrarse, pues futbolísticamente hablando, ella tenía unas delanteras, y unas defensas, que mejor ni hablar. Le continuó diciendo, que hacía deportes, y que el tipo ese Albert era hijo de millonarios. Y Eufemio pensó, «Y a mí que me importa». Siguió contándole, que el tal Albert había venido a estudiar a en la universidad de Columbia, pero que se había inclinado más por las drogas y el alcohol, que por los estudios, y que hacía tiempo que no sabía de él. Eufemio pensó que eso último le había salido mal, pues hacía apenas un par de días que él los había visto en el aeropuerto. Pero prefirió el silencio.

Dijo que quería tomarle unas cuantas fotos y que tenía deseos de «charlar» con él. Eufemio no tenía nada que perder, mejor dicho, tenía todas las de ganar: ella era el mujerón que él había idealizado en sus sueños. Era además la novia del sarro, ese Albert, y poder montarla, le agregaba ahora a la situación un toque dulzón, vengativo. Tal vez fue el efecto del café que despertó en Eufemio el tigre dormido que llevaba por dentro, pues le dio deseos de rugir, y con una segunda intención le contestó: «órale entonces, vamos a mi cuarto». Ella prefirió que fueran mejor a su apartamento de la esquina Allen y Delancey. Lo citó para las once de la noche en su apartamento, que era también su estudio fotográfico.

Media horas antes de la cita, en su cuarto Eufemio se la pasó haciendo abdominales, y lagartijas para que los músculos estuvieran entonados cuando se quitara la camisa durante la sesión de fotografías. El apartamento de ella no le dio la impresión de ser el de una artista de la altura de Albín Cobourn, de Rumaldo García o Sebastiao Salgado. Todo lo contrario, las ventanas cubiertas por gruesas cortinas lo hacían parecer un lugar en donde se le prohibía el acceso a la luz. Un sitio fúnebre, prohibido. No vio cámaras, ni luces, ni pedestales, ni paisajes coloridos, ni nada de esos baraños que son tan comunes en un estudio fotográfico. Eufemio estaba tenso y pensaba preguntarle cuando comenzaban con las fotos, pero antes de que pudiera decir: berenjena, ella se sentó junto a él con dos copas de vino en la mano. Le brindó una. Mientras le acariciaba el cuero cabelludo le dijo: «Ronaldo te noto nervioso». Y él le contestó que no, como va hacer, muchacha de Dios.

Con sus manos suaves como la seda, ella le acarició la espalda y le dio un masaje en los hombros. Cuando esa hembra le manoseó el cuello, a Eufemio se le subió la temperatura, y cuando ya pensaba recordarle lo de las fotografías, se vio guiado por ella a través de un pasillo. Ante el presentimiento de lo que vendría a continuación se dijo secretamente: ¡ahora sí!

Se dejaron caer en la cama y lucharon torpemente con sus ropas. Trabajosamente, Eufemio logró soltarle los botones de su blusa, y cuando le desabrochó el sostén, atónito, pensó en el dicho: «la abundancia me hizo pobre». Ella lo ayudó a desvestirse y al verle el tamaño y la firmeza de su espíritu dijo ¡qué bárbaro! Y al escucharla, él se sintió. Se enredaron en un cuerpo a cuerpo fiero. Parecían dos contrincantes: profesional contra novato (el novato era Eufemio) pero estaba dispuesto al todo por el todo. Su adversaria era más diestra y mejor maestra de lo que pueden describir mis palabras. Para no humillarlo con su gran ventaja, ella lo hacía sentir en control. Y como si hubiera leído su intención le daba la espalda, y se aguantaba con las rodillas para que él la acaballara. Y él aprovechaba lo que se le ofrecía, como un hambriento a un pedazo de pan.

Ella emitía un susurro, como una plegaria, y como creía que eran hipidos de placer, Eufemio se sentía el papá de Tarzán, o sea, más que el rey de la selva. No supo por qué, pero a Eufemio le dio por agudizar el oído y escuchar lo que ella decía. La escuchó decir: «te voy a joder, te voy a joder… ». Al principio él se dijo: «estás pensando con media hora de atraso». Y se preguntó: «¿será que quiere decir joder del sentido mundano de la palabra que significa, coger o follar." O: tal vez quiere decir joder del verbo matar». Eso, como una revelación, lo hizo recodar a <u>Basic Instint</u> y lo hizo abrir los ojos. Y vio la mano derecha de ella que se aferraba al marco de la cama. Pero ya no estaba de un todo seguro si era que estaba tratando de agarrarse al espaldar para aguantar sus embestidas, o si lo hacía con otra intención. Y luego vio, que al igual que en la película, ella continuaba deslizando la mano como un molusco debajo de una roca, y él pensó lo peor. No se equivocó. Vio la empuñadura de un cuchillo que se asomó a su mano. Como picado por una serpiente saltó y cayó en el piso. Cogió lo que pudo de su ropa que estaba por donde quiera. Ella que había comprendido su sorpresa terminó de extraer una daga que resplandeció como un espejo, y con una voz ronca como la de un borracho, dijo algo que él no pudo entender, pero que adivinó su significado. Salió como alma que lleva el diablo de esa habitación mientras ella a su espalda gritaba unas palabrotas que da vergüenza repetir. Los primeros dos o tres segundos las piernas de Eufemio vacilaron como las de un potrillo recién nacido, y ella aprovechó esa ventaja. Le lanzó una cuchillada, con la que logró rasguñarle la mano izquierda, y un glúteo. Al abrir la puerta le lanzó otro zarpazo, que de haber hecho impacto en él, no lo hubiera contado.

Milagrosamente, cuando salió al pasillo, había recuperado algo de estabilidad en las piernas y Eufemio bajó las escaleras saltando los peldaños de dos en dos. Ella estaba en buena condición física, pero él era un atleta consagrado al ciclismo y tenía mucha resistencia y era veloz como una liebre. Cuando bajó el último peldaño, ella se lanzó sobre él, pero como el cuerpo humano presiente el peligro antes de que ocurra, por instinto él hizo un súbito giro a la derecha. Y ella le pasó como un bólido que se estrelló contra el suelo. Eufemio saltó sobre su cuerpo desorientado por el impacto, y llegó hasta el vestíbulo. Salió a la acera y la escuchó a su espalda lanzar un grito endiablado. En la calle Delancey, Eufemio continuó corriendo por en medio del carril de los autos, como un atleta olímpico a medio vestir, y a medio venir, dispuesto a llegar primero a la meta final. Siguió corriendo calle arriba, sin poder controlar una risa nerviosa, pues supo que viviría para contarlo.

Media hora después llegó a su cuarto asesando, y sudando como un caballo. Se limpió la sangre que aún le corría por su pierna derecha, y se vendó la mano, que ya había dejado de sangrar. En el baño se vio un rasguño en el hombro derecho. Tenía una cortadura superficial y fina como hecha por el filo de una navaja. Recordó las fotografías que ella le había prometido y pensó que de seguro a ella le gustaban las post-mortem. Se imaginó esas láminas de colores de ocho por seis y estas fueron las que se figuró: él, con una cuchillada mortal en la garganta por donde destilaba los últimos chorros de sangre. Él, con los ojos vidriosos, como un carnero que vio la vida alejarse. Él, en una postura indecorosa abierto en canal mostrando lo más íntimo de sus vísceras. "Él, con las piernas abiertas de par en par, y con el binbín arrugado y dormido por el sueño de la muerte. Se volvió a mirar en el espejo y se secó el sudor. Le sorprendió la risa y la tos nerviosa que se apoderó de él. Volvió a secarse el sudor a toser y a reírse como un loco. Así se pasó toda la noche.